蝴蝶

蝴蝶
Seba

蝴蝶

蝴蝶

Seba

蝴蝶館 50

墮落聖徒行歌

Seba 蝴蝶 ◎ 著

寫在前面……

故事背景是「地獄之歌」遊戲，曼珠沙華系列群是統一的獨立設定。

可以罵我豪小，但不要胡亂掛鉤，謝謝合作。

她一踏足，原本沼澤翻滾的爛泥和死亡氣息，無聲無息的乾枯、灰化，漾起一圈圈漣漪的白光。

無數殭屍髑髏的屍首倒在她身後，鋪成一條慘白的蜿蜒小徑，冉冉飄盪著淨化後的神聖餘氣，一種嚴厲而凝固，比死亡還可怖的的恐懼。

全身籠罩著淡淡白光的她，粗糙而洗得發白的聖袍微微鼓盪，纖細的頸子掛著灰樸樸、不起眼的十字架，背著法杖，手裡捧著聖經，微微仰首，看著按著劍，幾乎有三人高的巨大骷髏將軍，聲調平板。

「吾乃冥主麾下墮落聖徒灰燼，奉旨前來捉拿叛逆。你有權保持緘默。你所說的任何話，都可能成為呈堂證供。在被問話前你有權利諮詢律師，但是在被問話時無權要求自己的律師在場。如果你無法聘請律師，冥主將不會指派辯護律師給你。」

穿著豪華黃金甲的骷髏將軍愣了一下，「那我聘律師做什麼？」

名為灰燼的墮落聖徒微微笑了笑，卻像是打開了冷凍庫。

「交代遺言。」她柔聲。

骷髏將軍被激怒了，仰天一聲憤怒的咆哮，「該死的冥主！你們這些偽神螻蟻都該死！」場面很宏偉，氣勢很磅礡，一整個天搖地動。

但灰燼早在說廢話時已經開始施法，原本時間還有點不夠，但骷髏將軍一擺他那氣勢萬鈞的pose，就剛剛好了。

她連開口都沒有，只是在心底輕輕的喊，「神說，要有光，所以有光。」

巨大的光柱從天而降，將宛如永夜的地下沼澤照得宛如人間六月天的正午太陽。若不是她自己預先戴上太陽眼鏡，也得抓瞎個十來分鐘。即使如此，她自己眼前也是一片白花花，燦亮星星閃了好幾秒才適應。

但比起趴在地上抽搐的倒楣將軍好多了。原本挺神氣的豪華黃金甲燒成洞洞乞丐裝……畢竟他屬於亡靈，對於聖光之類的抵抗力不但沒有，而且是好幾倍的負數。

「請聽聽我珍藏已久的福音……下次重生的時候記得別擺pose……阿門。」灰燼揚起手裡精裝鑲銅邊大字足本的聖經，毫不客氣的拍碎了骷髏將軍的眉心。

會心一擊！[1]

1：遊戲用語，隨機出現的一種傷害效果，威力比一般攻擊大，意思類同於致命一擊。

愛擺pose的骷髏將軍，堂堂六十級銀邊首領精英[2]，就這樣香消玉殞了。

她輕呼一口氣，坐下來喝水啃麵包。這招「大淨化術」非常威武，非常暴力。絕對是「地獄之歌」居家旅遊、殺人滅口、打家劫舍的大絕招。問題是施法很慢，符文陣很複雜，需要她所有的魔法值和所有的生命值，還有個恢復效果[3]減半的後遺症。

現在她就可憐兮兮的只剩下一點HP[4]，連一級腐蝕鼠都能咬死她。雖然又啃麵包又喝水，但恢復的速度很慢。可在充滿鬼靈邪魄的冥道，她這個不應該存在的墮落聖徒，卻是個接近無敵的存在。

眼神漸漸潰散，只是機械似的吃東西喝水。朦朧的聖光之下，在她不甚美的臉孔上起了柔焦效果，竟散發出一種楚楚可憐的聖潔和美麗……毫無防備，脆弱又靜謐。

她身後的影子裡扭動了兩下，悄悄升起一個只比霧氣濃一些的淡影。只有刀尖的反光和淫穢舔著唇的舌頭，曝露了暗殺者的身分。

等到她毫無防備、最脆弱的那一刻了！終於可以盡情虐殺蹂躪這個該死的女人！聖女？阿呸！我就要讓她從聖女變成妓女，把她○○又XX，XX又○○，先X再○，然後先○後X，全程拍下來放論壇啊放論壇……

她發出來的悲鳴一定比什麼AV還淫蕩啊～

血花飛濺。也的確有悲鳴。但男人的悲鳴實在難聽得多了，跟殺豬沒什麼兩樣。一直背在灰燼背後的法杖讓她扛在肩上，將暗殺者刺了個對穿，從心臟刺入，後胛骨突出……眼球也挺突出的。

「下次內心的OS不要那麼長，」灰燼溫和的說，「我都等得不耐煩了。」

暗殺者大吼一聲，全身爆起濃重的綠霧。可惡！就算死也拉她下來陪葬！

可惜灰燼沒給他這個機會。她淡淡的說，「願聖光饒恕你。」

藉著法杖作媒介，她施展了「懲惡」，讓暗殺者連自爆都來不及，就化作一道

2：銀邊首領精英：一種在介面圖像上，表示怪物稀有與強悍的顯示樣式，以便讓玩家一眼認出。

3：恢復效果，一般指消耗掉的生命或魔力回復的速率。

4：Health Point的簡寫，遊戲中用來表現生命值，也就是可承受多少傷害的量表。

紅光飛去蹲大牢了。身上的裝備則化成白光進入了她的儲物手鐲裡。

「……可惜罪惡值[5]不饒恕你。」她悲憫的搖了搖頭。

低頭看了看個人日誌，發現剛讓她一杖穿心的人是「老朋友」，大名為偷香竊玉。

她倒是覺得那個淫賊的綽號比較適合，「偷香竊玉」太斯文了，不適合這個猥褻的傢伙。

灰燼看了看擊殺記錄，正好擊殺了偷香竊玉二十一次。

人都是有優點的。就算是這樣犯案如麻的下流強盜加淫賊也不能抹滅……最少人家屢戰屢敗、屢敗屢戰，越挫越勇，而且手法越來越完美。這次若不是內心ＯＳ太長，讓她察覺到一絲邪惡的波動，淫賊又撲得太豪放，沒有注意到灰燼悄悄伸出來的法杖……

說不定就得手了。

她也暗暗的警惕起來。最近真的太順利了，未免有些得意忘形，戒慎戒慎。打掃了一下戰場，正打算繼續推進時，她的手鐲閃亮出紅光。

「……這不是電子狗鏈嗎？」她無奈。冥主發了詔令，冥主之下的所有直屬，不管正在做什麼……哪怕正在打王，都得第一時間回歸，沒有任何例外，也不能找藉口。

灰燼沒好氣的重重頓了頓法杖，雪白的光芒包圍，瞬間就回到冥殿。

她覺得自己動作已經很快了，卻沒想到是最後一個……幸好冥主還沒到。

倚著牆一上一下扔著匕首玩的纖細少年望了她一眼，目光不離頸動脈、心臟等要害，令人毛骨悚然。但灰燼已經習慣了，知道那是風胥最友善的表現。

身為狂信者刺客的他，只有在勉強算是同伴中露出打量的神情。把他扔到大街上，他就能泯然於眾人中，無聲無息毫無異狀的刺殺目標，還完全是個無辜的路人甲模樣。

5：罪惡值，遊戲中表現玩家非法行為的量表，這些行為通常與偷竊、殺害善良或中立陣營的非玩家角色，或是殺害玩家有關。

他不跟人講話，誰也沒辦法頂著毒蛇似的目光和他講話。連跟他同集團的狂熱聖騎都寧願跟異教徒蜀山劍俠低聲交談，也不屑和他接近些……灰燼覺得是不敢。

另一邊是個弒神狙擊手，正在沉默的拆解槍枝保養，嬌小玲瓏的實習死神扛著大鐮刀，蹲在地上看著。

名義上，他們這六個直屬冥王的人是同僚，但他們彼此間幾乎沒什麼交集，更沒什麼來往。

這是沒有辦法的事情。灰燼默默的想著。她也曾經試圖努力過，但冥主的這些貼身侍從，封號[6]掛著「王所寵愛的」的這群隱藏職業[7]玩家……幾乎就是神經病的大集合。

如果可以，地獄之歌的大門絕對會對著他們的臉重重關上，死也不讓他們這群神經病進來……可惜，就是不可以。

地獄之歌是隸屬於曼珠沙華的一個子遊戲。營運到現在，曼珠沙華系列已經成為一個新穎概念的「遊戲群」，以主體妖界為主，衍生出冥道（地獄之歌）、修羅道

（涅盤狂殺）兩個子遊戲，之後還可能會繼續新增。

這些遊戲間一開始都是獨立的，可以用做聲望任務[8]和付費方式成為旅客，去不同遊戲旅遊，甚至可以選擇歸化然後移民。無疑的，這種移民方式比傳統的轉伺服器強悍太多了，也大大的延展了遊戲壽命。

尤其是地獄之歌，這個標榜「頹廢無道德」的遊戲，簡直是華雪的鑽石雞，賺了一整個腦滿腸肥、眉開眼笑，在曼珠沙華系列中獨占鼇頭。

所謂高營利通常伴隨高風險，華雪賺這個錢其實也是戰戰兢兢、如履薄冰，承受的壓力也是最大的。為了不吃無謂的虧，可以說謹慎又謹慎，小心得不能再小心。

6：封號，遊戲給予的頭銜，一般顯示在名字前面，以女主角為例，就是：王所寵愛的灰燼。

7：隱藏職業，遊戲裡必須透過特殊方式，達成某種條件，或符合某種規範，才能夠選擇使用的職業，無法在一開始就取得使用資格。

8：聲望任務，遊戲中任務的一種類型，一般任務給予的報酬為金錢或物品，此類任務的報酬則是某種陣營的聲望。聲望即名聲，代表在某個陣營為人所知、所重視的程度，聲望達到一定程度，通常可開啟一系列新的任務或可購買物品的選項。

甚至自我規範到仔細篩選使用者，並且呼籲要做過心理評估再購買感應艙。

可呼籲歸呼籲，消費者誰管你。所幸在心理評估上，絕大多數的消費者心理承受度都是七以上，隨著年齡逐步增加，滿值十的也比比皆是，距離底線的心理承受度五還有個安全的差距。

但是低於五的還是有個幾百人，讓華雪很傷腦筋。上層一咬牙，好吧，心理承受度太低容易造成心理創傷，那就讓你們免費轉遊戲吧！再搭個優惠屬性或者破爛神器讓你們驚喜一下，總可以把災難控制到趨近於無吧？

看似很完美，大部分的使用者也能嘀咕著接受。但在消費者權益最為囂張的二十一世紀中葉有這麼容易過關嗎？當然不。

於是地獄之歌被告了。罪名一眼看不完，非常的落落長。最嚴重的就是地獄之歌歧視精神病患，一整個無限上綱了。

這年頭沾上啥都好辦，沾上「歧視」、「環保」，任你公司再大，都能賠到脫褲子兼破產。雖然之後庭外和解了，華雪高層可以說嚇破膽。

痛定思痛，既然捨不得宰鑽石雞，只好改成勸導轉遊戲。至於那些心理承受度真的不過關又死都不轉遊戲的怎麼辦？

沒關係，隱藏職業等著你，直接成為冥主的貼身侍從，所有任務都從冥主手中獲取。待遇從優，三節獎金，每五級就可以無償更換優秀等級的裝備……聽起來前途無限好。

華雪會這樣破壞平衡嗎？當然不。

當成為冥主的貼身侍從，身為非常強大的隱藏職業玩家……從此你也成為半NPC[9]了。

同樣的，你可以解任務升級下副本[10]，但只有同僚才可以組隊，其他玩家你是不用想了。只要捨得罪惡值的暴增，其他玩家可以挑戰這些冥主侍從，若是不敵，玩家可以從這些侍從身上獲得裝備。

最糟糕的是，冥主侍從一反他們老大的耽於肉欲，必須貞潔……所以開房間什麼的，你是沒有份了……

9：NPC，Non-Player Character，遊戲中非玩家所扮演，由預設劇情腳本決定行為舉止的角色。

以為占了大便宜的侍從們，滿懷鬱悶的申請轉遊戲，剩下的就是這幾個各有緣故的神經病。

華雪每個月都煞費苦心的派GM11遊說這六個頑固份子，可惜效果甚微。

灰燼本名叫做林美慧，今年二十八歲。

但她卻不是因為有心理或精神上的疾病才滯留在地獄之歌，連冥道主都不得不承認，在眾多神經病當中，她完全是個正常人……最少一年前無比正常，正常得超標了。

有時候灰燼也會惆悵的遙想當年……其實也不過一年前，她曾經是個單純溫柔的虔誠少女，連隻蟑螂都不忍心踩死……哪像現在，手起刀落連眉毛都不皺。

如同她那低調又大眾的名字，她從小就是個低調乖巧的乖寶寶、好學生，在百花齊放、群魔亂舞的二十一世紀中葉，道德淪喪、信仰敗壞的時代，她居然鳳毛麟角的出身於數代虔誠的天主教家庭，不得不說是個奇蹟中的奇蹟。

這個單純的乖寶寶，循著一條筆直的康莊大道，考上雖非頂尖卻一流的大學，乖乖的念了實用無比的會計經濟，之後更在一家頗有規模的會計事務所從基層幹起，穩健的累積資歷，緩緩往上攀升。

而她在大學認識的男朋友也感情穩定，論及婚嫁，之所以還沒結婚，是因為兩個年輕人想存夠了頭期款，擁有自己的小窩，才打算共同成立溫馨的家庭。

因為她從來沒玩過任何網路遊戲，所以不知道地獄之歌開服了。更不知道男朋友偷偷摸摸的買了感應艙，所以也不知道男朋友跟她分房睡並不是因為他宣稱的工作太累。

10：線上遊戲中某些特定區域因具有特殊怪物或是任務，而引起玩家過度集中，並發生各種糾紛的現象，最終可能導致伺服器超載。副本系統即針對此現象而開發，使該區域產生內容完全一致的副本，每個進入該區域的玩家隊伍，實際上均在各自的專屬地圖中活動，彼此無法干擾。

11：GM，Game Master，遊戲主持者，為遊戲公司派駐線上遊戲內部，提供客戶服務，並協助排除障礙，使遊戲歷程順暢的服務者。

地獄之歌開服三個月後的某一天，提著一大包菜下班回家的灰燼對著空空盪盪的客廳瞠目結舌。這個時候，她以為遭了小偷。

但她慌著找手機報警時，接到男友的簡訊，讓她寧可遭小偷。

簡訊很簡單，只有幾個字，「分手吧，不再見了。」

就在這一天，她安穩平靜的生活被撕成碎片，走入既惡俗又非常老套的失戀情節。男友留給她的，只有半空的租賃小屋，共同帳戶的錢提了個乾乾淨淨。電話號碼，停用。公司，已經辭職。男友的父母一直不喜歡她的信仰，所以很不喜歡她，當然也不會回答她任何詢問。

這個宛如三流小說的情節，讓這個單純的小女生（即使已經二十七歲）崩潰了。她發瘋似的到處尋找那個負心漢，騷擾遍了所有朋友。而她最好的密友彩雲嘆了口氣，含蓄的給了她一個網址。

那是地獄之歌的官方論壇。有張截圖讓她看得發呆。雖然說遊戲人物都能夠修改容貌，但她那前男友對自己容貌應該有相當的自信，所以是百分之百的符合……正和一個歌德吸血鬼似的女人抱在一起，標題就是「即使在地獄中真愛永不渝」。

明顯已經昏了頭完全失去理智的灰燼，立刻花了一筆大錢購買感應艙，衝進地獄之歌。創建角色時她想不起該創什麼名字，自己的名字又早被取走了……氣極之下，她把好友的姓名吼出來，「范彩雲！」

但真正的打擊還不止於此。當她好不容易摸索出來如何密語並且找到前男友時，她相戀了六年、論及婚嫁的初戀情人說，「噗，彩雲，幾時地獄之歌能創分身了？還是妳本尊被老公發現？妳這小狐狸精……該不會是來盯我吧？我可等妳好久了……都快受不了了……」

……她以為已經是三流小說了，沒想到還能沉淪到更惡俗、更老套的九流之外，比民視還老套一個世紀。

她論及婚嫁的男朋友和自己最好的朋友勾搭在一起，還因為這種虛擬的關係把她給甩了。

等她看到前男友時，她尖叫一聲，撲上去想給他兩個耳光。可惜她這樣的乖寶寶怎麼了解巴掌連擊的奧義？反而被一個窩心腳踹飛到牆壁上，痛得站不起來的她劈頭蓋臉的挨了一頓辱罵。

大腦嚴重當機的她，愣愣的倚在燈柱下。悲憤、羞恥、痛苦、發狂……種種的情緒激盪，讓她寸步不能移。

當一個俊美卻猥瑣的男人遞鑰匙時，她接受了。

她明白當中的意義。為了尋找負心漢，她幾乎把說明書翻爛了。在這種絕望痛苦中，她怒火中燒兼自暴自棄的決定墮落了！

但墮落……對於她這樣一個僅僅抵達心理承受度最低標的虔誠少女來說，其困難度無異於一級新手屠世界精英首領九九九級的龍。

看著脫得赤條條，底下還有個啥在晃的男人……她逼緊了嗓子，緊緊貼在門板上，氣勢萬均的尖叫，「救命啊！」同時也讓監控整個地獄之歌的系統主機發出恐怖的長鳴……原本安祥的GM室陷入兵荒馬亂、雞飛狗跳的狀態……

名為「范彩雲」的玩家，心理承受度一洩千里的從五飛奔到零，並且從負數開始探底了！

「斷線！快把她移出遊戲！」GM的頭頭大吼。

值班的GM卻只冒著滿頭大汗把這個明顯快要精神崩潰的玩家移出「房間」，

「頭兒，不行！這樣可能會造成玩家精神損害，甚至誘發精神疾病！」

「……夢境系統呢？快開啟啊！」

「開啟不了啦！她精神太亢奮……承受度太弱了啊！」

頭兒已經快氣瘋了，「把這個該死的警笛關掉！吵得不能思考了這……」

GM室繼續呈現暴走狀態的雞飛狗跳。

所以說，人類都是一群白癡。支著頤，這在冥殿假寐的冥道主緩緩睜開他美麗的眼睛，很輕很輕的嘆了口氣。

懶洋洋的揮了揮手，把不斷尖叫的「范彩雲」瞬移到他面前，順手改了她的名字，「灰燼」。

申請改名後會有十秒鐘的僵直狀態，所以她沒了聲音，已經負數到「-967」的心理承受度終於停止往下探底。在冥道主往她的嘴裡投了顆杏狀的果實後，承受度緩緩回升，終於不再是那樣觸目驚心的負數了。

灰燼雖然看不到那個心理承受度，卻覺得原本痛得像是碎割了心，連呼吸都會牽扯傷口的劇烈心痛，居然漸漸麻木了起來。那種感覺就像是拔了牙但麻醉藥還沒退去。稱不上舒服，但比拔牙後那種痛不欲生好太多了。

看她終於安靜下來，冥道主撐著臉，拎著一張公告，非常公式化又平板的說，「我只說一遍啊，要是沒聽清楚自己去找客服部……親愛的玩家您好，根據您的心理承受度，並不適合地獄之歌的環境。您可以選擇移民到曼珠沙華，本公司將給予以下補償……」

「你給我吃的這是什麼？」灰燼愣愣的問，面無表情的。

「斷意果。」冥道主不耐煩了，「別打岔。我都忘了念到哪……對了，咳，您可以選擇下列種族，並且給予屬性補償……」

「曼珠沙華有斷意果嗎？」灰燼毫無生氣的問。

「當然沒有，只有本王才有這珍稀的玩意兒……不要再插嘴了！屬性補償如下……」

「那可以維持多久？」

「二十四小時！現實時間。」冥道主有些怒了，「妳讓我念完行不行？」

「要怎樣你才會給我斷意果？」

「做任務……靠！我不是告訴妳不要打岔嗎？」

「那你給我任務吧。」

「妳聽不懂人話？還是華文妳聽不懂？本王精通二十六種語言，妳指定好了！讓我把官方公告念完行不?!」

「任務。還有斷意果。」

「……」

冥道主對於自己的一時雞婆表示非常懊悔。身邊環繞著趕不走的神經病又添一名，讓他頭痛的指數，又再次的攀了新高。

＊　＊　＊

從感應艙起身時，灰燼有種惡夢初醒的感覺。

回首事情發生到現在，長長兩個月已經過去了。她照了鏡子，把自己差點嚇死。鏡裡的人活像殭尸，她認了半天才發現是自己。

為什麼我把自己搞成這樣？她有些迷惘。

她還記得那種心痛得只能蜷縮流淚的強烈苦楚，但現在只有一種麻木的感覺。

她竟然有些慶幸，失戀不會死人，但那種痛苦讓人巴不得去死。

最少她現在會覺得餓，想起來該去上班……不過兩個月的曠職，恐怕要重新找工作了。

可至少，她終於回到現實，而不是沉溺在無邊無際的追憶哀傷憤怒和心痛了。

雖然一開始，還是有點渾渾噩噩，但最少生活上可以自理，掩飾好一點，也跟正常人沒什麼差別。她無比珍惜此刻的清醒，所以才會回去地獄之歌。

她重新找了工作，搬了家。但如同冥道主所言，斷意果只能維持現實生活的二十四小時，她在搬家忙碌時的斷層，讓她感受到漸漸追上來、強酸侵蝕般的苦楚，她更比上班打卡還認真的抱著冥道主的大腿不放，氣得雍容又慵懶的冥道主大失形象的破口大罵，而且還甩不掉她。

「放手……不對，放腿！這玩意兒不能老吃，會上癮！妳這表現跟毒蟲有啥兩樣……」冥道主真氣得發抖。

「任務。」灰燼是很執著的，「獎賞不要裝備也不要錢，我只要斷意果。」

「妳這死毒蟲！不要再抱著我大腿！」冥道主氣急敗壞，「果然耶老頭的信徒都是群~!@#$%$!!妳滾去曼珠沙華不好嗎？風景優美氣氛佳！不然去修羅道也不錯啊！打打殺殺還可以暴人裝備或者自己暴裝備……」

「任務……」

「……我知道了，知道了！放手……放手！」

可以說，灰燼的墮落聖徒生涯，就是從這枚斷意果開始的。

地獄之歌是個很妙的遊戲……或者說整個曼珠沙華系列遊戲群都很妙。最妙的是高等NPC的AI[12]高得讓人吃驚，並且有各自獨立的人格。尤其是像史詩首領級，冥道的冥道主、妖界的醫君、修羅道的阿努王，AI高到不但自己統領的界或道無所不知，而且還可以不甩GM。反過頭來，GM得對這些史詩級首領恭恭敬敬，省得這些智慧高超宛如遊戲裡神祇的首領們搞什麼小動作陰人……比方說擅自更改任務

12：AI，Artificial Intelligence的簡稱，人工智慧。

或副本之類的。

當然，大部分的時候，這些首領們都還算是相當合作，讓遊戲裡的世界可以順利運行。

這就是為什麼冥道主覺得很煩，卻不能一傢伙滅了這些神經病的緣故……雖然他的確做得到。

他終究還是得依循規則而行，只能勉強容忍這些不應該存在的「異端」。他不禁有些懷念那個可愛的異端良箴。心理承受度高，卻有自己的道德標準，能夠刺激冥道進化出無道德的秩序，卻不是將之破壞。

如果說，曼珠沙華的基調是恢宏壯闊，涅盤狂殺是血腥殺戮，那冥道就是無道德的陰謀詭譎。

系統主機的總ＡＩ要求的是平衡，當出現足以破壞平衡的發展時，就會致力於平衡。表彰於冥道的就是，當出現多少隱藏職業的異端，就會提高冥道主的屬下更高的ＡＩ，讓他們更有利於推翻冥道主這樣有前途的偉大事業。

對的。表面頹廢無道德的冥道，冥道主之下的各路冥王貴族，無不把目光虎視眈眈的盯在那個高高的王座，連個六級殭尸頭子都會幻想奪位稱帝。

但冥道主覺得自己吃虧，很吃虧。表面上很強大的隱藏職業玩家，其實都是不靠譜的神經病。給他的通常是無盡的麻煩，而不是助力。

當初設定的隱藏職業，往往都是從他界（尤其是天界）脫逃而來的叛徒，的確很好很強大，對鬼靈邪魄的殺傷力超級強悍……但他這群不靠譜的侍從卻常常不分敵我，殺個底朝天，連他苦心安排的間諜網都一起連根拔起啊混帳！

冥道主真的深深感到悲哀。

和這些神經病磨練久了，他早就千錘百鍊，知道給任務的時候千萬不要含糊其詞，一定要說得清清楚楚，嚴厲制止他們大殺四方的欲望，並且定下後果嚴重的懲罰……

雖然效果一直都不太好，總比什麼都不做的強。

只是他不知道，這個新來的墮落聖徒在接完任務以後詫異的想，「沒想到這麼漂亮的美攻[13]頭兒，居然是個唐僧[14]……可惜了真的……」

墮落聖徒的系統設定是這樣的。

在上神因為人類墮落於罪惡時震怒，發起大洪水淹沒世界。原本被選中不用死的聖徒卻偷偷地試圖阻止洪水的發生，功敗垂成之餘，讓盛怒的上神打落冥道，永受放逐之苦。

後來冥道主將之收納於羽翼下，成為他的侍從之一。

但即使成為冥道主侍從，這個無罪的罪人，依舊虔誠的仰慕上神，被感動的上神雖然沒有取消懲處，卻也默許墮落聖徒彰顯祂的名……

聽起來很淒美、崇高、令人對這個隱藏職業肅然起敬。不得不說系統大神完全展現了高超的智慧水準和創造力，更能隱諱的體貼灰燼小姐稀有的信仰和更稀有的品格……

果然是二十一世紀中葉尖端科技的結晶，出現在我們這個無奇不有的世界。

（咦？好熟的台詞……不過系統大神不叫霹靂車。）

而且這個淒美崇高的隱藏職業，在屬性相剋的冥道，似乎是個完美無缺的存在……

才怪。

之所以這個連蟑螂都不忍心殺的虔誠少女，會變成白刀子進、紅刀子出的恐怖殺手，所費的時間不過只有一個月……和墮落聖徒的一個小小設定有關。

神聖屬性的生物，對鬼靈惡魔的仇恨值[15]，是百分之兩百，範圍五百碼。但是比狂熱聖騎還糟糕一點的是，因為墮落聖徒的虔誠度更遠勝追求力量的狂熱聖騎……

所以仇恨值是百分之三百，範圍一千五百碼。

第一次出來做任務的灰燼，才剛剛踏出罪惡之城的大門口，就被範圍一千五百碼內所有的鬼靈怪「熱烈歡迎」，她接的任務不過就是在門口打五隻腐蝕鼠，卻被成千上萬的鬼靈怪淹過去，連城門口的守衛都來不及救。

13：攻受關係，在日本次文化中對日益複雜的性別對待產生的界定方式。在對待關係中，攻指主動，受指包容。

14：意指非常囉唆、碎碎念。典故出自周星馳電影《齊天大聖東／西遊記》。

15：網路遊戲機制，表示觸怒怪物使其發動攻擊的量表，也用以決定怪物對複數以上玩家攻擊的先後順序。

在這種高強度的「訓練」下，繞指柔都會成了百煉鋼，何況是個普通少女……

於是，她成了一個手持聖經（精裝銅角大字足本，攻擊力966，有一定機率造成懺悔暈眩效果），背著橡木法杖（神聖法術加成1014，12%機率附帶淨化燃燒效果），口呼上帝的狂暴殺人（鬼……）兇器。

只能說，向善的道路崎嶇蜿蜒，而且是四十五度角的山路。而墮向暴力跟跳崖沒兩樣，還附帶重力加速度，非常的快速。

接完傭兵特殊任務，灰燼沒有多留。因為冥殿已經不太安全了。

雖然冥道主面容還是那麼白皙，那樣絕美，同樣的風華絕代。但是和他相處了一年多，灰燼敏銳的察覺到，偉大又英明神武的冥道主已經快被她其他同僚點燃暴走狀態了。

這就是她和其他同僚最大的不同。畢竟她只是個吸毒犯（斷意果中毒……），不是神經病。

等頭兒冷靜點的時候再回去還任務好了……還好她還有點存貨……

無疑的，她的選擇非常睿智。她剛接近冥宮大門，就聽到遙遠冥殿的冥道主怒吼，「……你們殺了黿龍?!我叫你們殺了嗎?!我只讓你們去教訓一下骨皇……他的領地距離黿龍三千里啊混帳！你們不知道黿龍支撐著冥道一角嗎?!難怪最近不停的地震啊……」

「我沒有喔……」弒神狙擊手黯淡用她有些僵硬機械的嗓音說，「頭兒，但我不要這個獎勵……能不能給我核子反應爐……」

「滾！冥道是東方玄幻……不要轉移話題，不要插嘴！那個裝聖光的鐵皮罐頭和鬼畫符的死道士！怎麼不說話？說啊！為什麼沒事幹去把黿龍拖出來殺……」

「那是極度邪惡的存在！吾輩豈能容這等邪物橫行……而且聽說他掉落龍槍。」狂熱聖騎聖喬治很理直氣壯的說。

「我需要黿龍的殼占卜啊，聽說很準……」蜀山劍俠更逍遙聲音小多了，但並沒有讓冥道主感覺好些。

一片雞飛狗跳中，實習死神娃娃用童稚又陰森森的聲音說，「哥哥，我可以殺他們了嗎？……」

灰燼趕緊跨出大門。她想冥道主會親手殺了那群「純樸」的同僚……而且不只一次。

她可不想遭受池魚之殃……畢竟她比同僚們聰明多了……當然也是幾次血淚交織的教訓所致。

幸好那個鐵皮罐頭邀她去殺鼀龍時她拒絕了，還勸了兩句（雖然很敷衍），怎麼算帳也翻不出她的錯兒，看她是多麼高瞻遠矚……

她步下漫長的階梯時，覺得頸側一涼，四肢百骸都為之一僵。目光微微的朝左，果然是狂信者刺客風胥。跟她差不多高的風胥貌似文弱少年，穿件港漫風格的無袖短袍，肌肉也不怎麼結實……但只是外表。

灰燼艱難的咧了咧嘴角，她覺得應該比哭還難看。但風胥飛快的測量了她的頸動脈位置和出手方位，點了點頭。

聰明人不是只有她一個。

當然，她知道風胥並沒有惡意，甚至可以說是友善……在所有同僚中，也只有風胥和她的關係非常勉強的可以算朋友……最少必須雙出任務時，她寧願和風胥一組。

其他人的變數都太大。跟他們出副本……是災難中的災難。

風胥雖然可怕，但只要有人（或怪）讓他盡情的割得雞零狗碎，他就會很敬業。其他人都以為自己是自強號，不管包著鐵皮還是布衣，狂奔著一頭栽入怪堆中……哪怕面對比自己高上十幾二十級、一眼看不完的眾多精英怪。

（有時候中間還夾著Boss）

「……感覺不好。」風胥難得多話，「任務。」

「太巧了點，」灰燼思考了一會兒，「怎麼三大公會[16]都決定現在拓荒[17]？」

他們同時從冥道主的手底接了個傭兵特殊任務。三個史詩級副本，對應冥道和

16：玩家在遊戲內成立的互助組織，多半有遊戲程式提供的介面與功能輔助，藉以幫助玩家進行交流與團體性的攻略活動。

17：拓荒，遊戲用語，意指對不熟悉打法的團隊副本進行攻略。

妖界的邊境守護石。打破三個守護石就可以開啟冥道遠征的世界任務。

但是地獄之歌的副本進度是所有曼珠沙華系列遊戲當中最弱的，要指望玩家自己開啟，實力實在有點不足。所以冥道中的公會若聲望到了虔誠，可以祈求冥道主協助。

當然冥道主才懶得管這些螻蟻之輩……雖然不怎麼靠得住，他老人家身邊難道沒個把人？他們這些等同半神的半NPC，就得無奈的接下這個傭兵特殊任務。

畢竟冥主侍從不但普遍封頂，一身華貴，誰沒幾個神器？總不能享了福利不盡義務。

「還是把補給先打算好……你麵包和水……」灰燼轉頭，卻啞然失聲。怎麼風胥一下子就不見了？

「……我在這裡……」風胥的聲音飄渺，她認了好一會兒才發現就在左手邊。

「我那兒有特藍[18]。等等拿給妳……」

太強了。灰燼後背緩緩的沁出冷汗。風胥這招「泯然眾人」比什麼「隱身」還可怕。他人明明站在那兒，不出聲誰也不會注意到，就一整個路人甲，不要說相貌，連身高性別都沒有印象。

他們這六個人，大部分都認為實習死神娃娃最可怕。自稱遊戲翻滾數十年的更逍遙就帶著哭聲說，實習死神根本就是冥河娃娃[19]，獻了一首「娃娃國，娃娃兵。狂熱又聖冰，快速又會搞自爆，英勇存人心。」從此再也不敢跟她交手。

但是灰燼卻覺得，娃娃雖然手段殘了點，場面血腥了點，到底殺氣沖天，打不過還有機會逃掉。

可是風胥抹了你脖子，把你大卸八塊了，你可能還沒注意到他就站在你面前。

灰燼打了個冷顫。

避開罪惡之城最繁華的區域，灰燼和風胥並肩走入偏僻的暗巷。

行人已經少了很多，但看到附帶著威壓和冥道主徽記的灰燼（風胥繼續路人甲

18：補充魔力的道具。

19：不死冥河娃娃，遊戲「暗黑破壞神II」中的一種怪物，動作非常迅速，以殺死時會自爆而聞名於玩家

化），還是畏懼的讓出道路。

但什麼地方都不缺乏新人和菜鳥，在眾人驚恐的眼神中，有個莽撞的菜鳥樂顛顛的攔住灰燼，「……五根銅鑰匙！」

灰燼抓著聖經的手指用力到發白，極力克制擊殺這瞳孔無效小白的衝動，僵硬的回答，「不。」

「不然……十根？」小白很不甘心，「喂，不要得寸進尺啊！也不看看自己是什麼貨色……」

灰燼用力磨了磨牙齒，風胥那聲輕輕的嗤笑讓她差點嚼碎了大臼齒。他還雪上加霜，「娃娃最少也是銀鑰匙。」當然對方的下場很慘，找不到比手掌還大的肉塊。

「不。」灰燼充滿殺氣的說，繼續往前走。

然後，小白扯住了她的胳臂。終於滿足了反擊條件。

身為冥道主「最寵愛的」侍從（名義上），他們這群隱藏職業玩家，也受到相當的約束。雖然他們如同NPC一樣，有在城內執法的權限，但除非受到攻擊，不然是不能主動的。

像現在這樣，被扯住了胳臂，視同侵犯攻擊。灰燼連法都懶得唱，揚起手裡的聖經，想要好好教育一下這個眼珠無效、耳朵也無效的混帳……

但她的聖經徒勞的滯在半空中，那個小白的脖子、胸膛、小腹飆出血泉，重重的摔倒在地上氣絕了。她掃視左右，依舊找不到讓她背黑鍋的兇手。

「我在這……」風胥一臉無辜，「走吧，買水和麵包去。」

灰燼悻悻的把聖經抱在懷裡，往不遠的商店走去，就這麼一會兒的工夫，她又看不到風胥了……這個技能未免太變態。

過了一會兒，復活的小白怒氣沖沖的跑回來，又跳又罵，一會兒說是bug，一會兒又說是外掛[20]，罵了個口乾舌燥。

有個好心的老玩家瞥了他一眼，「新來的？」

「玩一個鐘頭了！」小白怒氣未息。

「菜鳥。」老玩家鄙夷，「教你一個乖，在地獄之歌，女人說不要就是不要，

20：從遊戲外部侵入伺服器，透過修改遊戲資訊，藉以使遊戲角色獲得各種作弊功能的程式。

別動手動腳。」

「上地獄之歌的女人哪個不是騷貨？裝什麼聖女？」小白勃然大怒，「我一定要舉報！城裡不是不能PK[21]？絕對是外掛啦！」

「嘿。」老玩家詭異的一笑，「你還真說對了，剛那位就是冥道主的聖女……反正你只要看到封號是『王所寵愛的』……喂！慢著，你要去哪！……」

小白看著遠遠走過來，身高一百二，扛著一米八大鐮刀的黑袍小女孩垂涎，已經完全聽不到外界的任何聲音。蘿莉！徹徹底底的蘿莉啊！不是說未滿十八歲都不能進來？這應該是絕無僅有的吧？

的確是絕無僅有的……下場絕無僅有的悲慘。不但找不到比巴掌大的肉塊，更找不到比這更大的碎骨。

好心的老玩家搖搖頭，頗富哲理的說，「不聽老人言，吃虧在眼前啊……」

灰燼和風胥完全不知道小白造成的悲慘騷動，灰燼正在努力的和店主討價還價。

表面風光、穿金戴銀的隱藏職業玩家，生活是很辛酸的。雖然拜仇恨值一百五到三百的優勢（……），每個都是群攻的高手，戰利品和金幣應該是滾滾而來才對……

但是有得必有失。理論上，他們都可以使用拍賣場……但只能購買不能販賣，更因為半NPC的性質，也不能自己開店舖。就算打到什麼神兵利器，唯一的出路就是倒給商店，而商店的那個可悲價格，頂多也只能支撐個不餓死的窘境。

雖然冥道主的宮殿主管能夠供應最好的武器裝備，甚至是神器……但那個吸血鬼要的價錢也是天文數字。

（呃……宮殿主管種族的確是吸血鬼，不過你懂的……在這裡是形容詞不是名詞。）

更悲慘的是，在野外，玩家若勇於承擔可怕的罪惡值，是可以把他們像Boss一樣推倒，隨機掉落他們身上的裝備，可能包括差點賣腎賣血幾乎破產才買下來的神

21：PK，Player Killing，本源於意指玩家殺手的Player Killer，但在中國大陸與台灣，此詞彙失去原本以擊殺玩家角色為樂的含意，轉而演變成「一對一決鬥」的意思。

器……

而且照他們可怕的血量和魔量，一定要吃最高級的麵包和水，用最高等的藥水。那個消耗真的不是正常人受得了的……

所以，王所寵愛的，堂堂墮落聖徒，宛如小Boss存在的灰燼，正在跟麵包店的店主爭取九折的優惠價。

「藍水不要買了。」風胥冷不丁的一句話，讓灰燼和店主都受了雙重驚嚇，他慢騰騰從背包裡掏出一捆又一捆的特高效魔力藥水，瞬間占據了半個櫃台，「拿去吧。」

「……多少錢？」灰燼瞪大了眼睛，摀著乾扁的錢包，又沒辦法拒絕這樣的誘惑。雖然跟其他玩家無法交易，可他們侍從間是可以交易的。但是鐵皮罐頭和死道士雖然一副正氣凜然、義薄雲天的模樣，私底下比吸血鬼還吸血鬼。

至於黯淡、娃娃和風胥……別傻了。他們寧可拿來砸牆壁玩也不會跟人交流，何況交易這樣高難度的人際關係。

這麼大堆的特高效魔力藥水啊！除了高等Boss偶爾會出，市面上是買不到的，通常都壟斷在各大公會的宗師級製藥師的手裡。

風胥聳了聳肩，「不用。」他頓了一下，「反正明天都會變成我的血。」

灰燼苦澀的消化了一下，打量著穿著布衣的狂信者刺客那纖弱的小身板，想到明天他可能會自強號化，那噴血一定是海嘯級……而唯一能幫他補血的，只有她這個同樣神聖屬性的墮落聖徒。

她默默的把半個櫃台的特藍收入包裹裡，還接受了風胥幫她買的十大捆靈水。

「可你哪來這些特藍呢？」灰燼還是好奇了。

風胥還是聳聳肩，「有些人到戈壁堵我。」

「啊？多少人？」

風胥低頭看個人日誌，「擊殺二三二人。奇怪，都是同個公會的……反正打掃戰場，」他指了指灰燼的背包，「就有那些特藍了……哦，那只是三分之一。我還留了些。」

「……」

＊　＊　＊

灰燼瞥了一眼風胥，他將自己最豪華的裝備穿了出來，泛著微微的白光，罕見的戴上白銀十字架，腰際掛著聖錘。

而且，跟外人組隊的狀態下，他居然沒有施展「泯然眾人」。

「泯然眾人」這技能強大到變態，但也不是不用付出代價的。在地獄之歌，即使是物理攻擊職業的技能也是耗魔的。「泯然眾人」算是光環系的技能，也是每五秒耗魔。所以平常風胥穿的裝備都是著重於減少技能耗損和回魔的裝備……畢竟他的殺傷力已經夠可怕的了，不用太注重。

原本看他穿得一身高傷，灰燼額頭微微沁汗，害怕這個柔弱布衣刺客衝上去冒充自強號……可是他卻沉默安分的待在灰燼前面，清理著其他隊友沒阻攔到的漏網之魚。

當然，她了解，只要一施展泯然眾人，即使是隊友的她也補不到風胥的血……

就算她施展破隱的心靈強化也沒用……但這是一個九十級的史詩級副本，的確對這個百人公會團造成很大的麻煩……可絕對不是他們的麻煩。

地獄之歌封頂上限是八十級。但那是玩家的上限。

他們這群冥道主侍從，等級是沒有上限的。她算是侍徒等級之末，剛破百級，風胥可是一百二十級的銀邊Boss人物了。雖然「守護石之三」這個副本的怪多半是妖族英靈，神聖系的法術沒能加成，但天生附帶的等級威壓，也沒什麼危險性。

灰燼環顧四周，整個公會團都很認真，畢竟對他們而言是個非常艱困的副本。雖然公會的名字有點傻，叫什麼「天下制霸」，不過公會成員的素質真的不錯，進退有據。雖然個體上來說有些貧弱，但指揮得好也沒造成太大的傷亡。

更何況有兩個冥道主侍從壓陣，一路上算是有驚無險。

但是灰燼卻悄悄握緊了聖經。

她是看不出任何問題。但拜仇恨值百分之三百的強悍訓練，還是硬磨出了一點危險的嗅覺。

在地獄之歌之前，灰燼沒玩過其他遊戲，可以說是菜鳥中的超級菜鳥。除了那個超高標的仇恨值外，她還擔了一個冥道主侍從的小Boss虛名，不只是怪物想殺她，玩家也想殺她。一天死個幾十次是常有的事情。

一來是她太沒經驗，以為全息遊戲就是這樣；二來也是她在萬念俱灰的狀態，這種殺與被殺反而能夠發洩她緊緊壓在內心的痛楚……就是在這種屍山血海中，殺出了本能和技巧。

之後她接了一個偵查任務，獲得了全冥道完整的地下溶洞地圖，避開了大部分的玩家，才脫離這種殺戮不止的循環。

風胥比她早來兩年。還沒學會泯然眾人的布衣刺客也是仆街的料。論壇上分析冥道主侍徒時，公認灰燼和風胥是最容易攻略的。只是這兩個小Boss行蹤詭譎隱密，不容易找而已。

一直到推倒最後一個王，還是沒有出現什麼異狀。

灰燼暗暗嘲笑自己過度小心，耐性等著天下制霸的會長上去擊碎守護石時，風胥詫異的看了她一眼，聳了聳肩。他也納悶，防範了一路，居然什麼事情都沒發生。

只是這會長廢話也太多了吧？滿臉紅暈興奮的演講。怎不趕緊敲了那個破石頭，他們才能傳送回冥殿啊。任務沒完成，他們是走不了的……

走不了？

灰燼抬頭。電光石火間，她只來得及豎起神聖屏障……只有這個是瞬發法術。

但是在十面盾砸臉，二十來個悶棍砸腦袋時，屏障再厚也無能為力了……

雖然說，她擁有個物理和法術豁免75%的神器，但畢竟不是百分之百。在被拚命控場[22]時，75%就顯得不是那麼高了。

「不要讓他們會合！加強刺客的控場，先殺補血的！」天下制霸的會長大叫。

……你還真當我們是NPC？被砸得臉開花、腦震盪兼腰子痛的灰燼大為光火。

她果決的開了絕學，立刻呈現十二秒無敵的狀態，清除了所有控場效果。

她實在太大意了。以為和這群二百五組隊就可安保無憂。但她忘了，就算是組隊狀態，還是可以開啟全面攻擊攻擊自己的隊友，她和風胥被控場後就被踢出隊伍，

22：控場，遊戲用語，crowd control，意指對目標進行牽制，使其暫時失去局部或全部行動能力的技巧或技能，通常用來縮小打擊面，使己方能集中火力針對單一目標。

無數的火球冰暴風刃弓箭亂七八糟的扔在她身上，地上鋪著熔漿和毒液。

她的血只剩下一半了。

幸好，十二秒，可以做的事情很多。

她火速的把風胥組隊，開啟了「神聖祈禱」（回血）、「神聖譴責」（範圍型神聖傷害）、「速度強化」（攻擊與行走速度提高）三個光環，這時候的風胥，只剩下血皮了。雖然神聖祈禱光環可以持續回血，但緩不濟急。

無敵還剩下三秒。大治療術也需要三秒。她毫無遲疑的將燦爛的大治療術投向風胥，剛施完法就挨了一場鋪天蓋地的刀光劍影和暴風火球洗禮……

或許，冥道主侍從各種技能都很強很變態，但他們的血量卻遠遠比不上真正的Boss，依舊是遵循著玩家應有的增幅。即使因為神聖譴責的高傷害，死了幾個盜賊刺客後只剩下坦克在前面扛，但遠攻型的玩家還是不斷的攻擊，讓她的血量火速的下降……

就在勝利在望時，灰燼和風胥突然消失了。連光環都沒了。

看著在他們前面跑來跑去喧譁不止的笨蛋，籠罩在泯然眾人光環下的灰燼想給自己補血，卻被風胥按住。「不行。現在不能補血，更不能喝紅……總之增益型道具都不能使用。」

灰燼悶悶的放下手。現在他們的位置，正在守護石的旁邊。風胥一直以為是廢招的「技能分享」救了他們一命。但他們心情並沒有因為死裡逃生而比較美麗。

「上策是，」風胥冷淡的說，「敲碎守護石，就會出現傳送門，我們可以走。」

血氣兩虧的灰燼沉默了一會兒，咬牙切齒的說，「上策是很好，但我不喜歡。」

「正好。」風胥依舊冰冷，「我也不喜歡。」

原本範圍六十碼的「神聖譴責」，突然擴大到三百碼，範圍擴大，價格……我是說傷害不變，每五秒三千三千的跳，還附帶緩速效果。

但是「神聖治療」、「速度強化」的範圍卻縮小到只針對隊友，效果加倍，每秒上千上千的跳，偶爾還會出現暴擊。

灰燼雙手拄著法杖，杖端與大地接觸的部分翻湧著強烈的聖光。要施展這樣效果宏大的光環，不但是體力和精神力上極大的考驗，她的魔也嘩啦啦似流水的瘋狂消耗。

「五分鐘。」她有些悲傷的說，「這種狀態只能維持五分鐘。」

「夠了。」風胥點點頭，面無表情的拋出十八把匕首。

他是狂信者刺客，少見的精神和敏捷並重。除了雙持匕首，還能用精神力操控。玩家的盜賊或刺客走精神流的非常少，畢竟副手武器已經比主手少一半攻擊力了，再操控的武器也依此遞減。頂多只能當當伏兵，實在不如力敏或敏力配點。

狂信者刺客最占便宜的就是，他沒有武器遞減的問題。雖然精敏並重這樣的配點實在不怎麼正常……

但這個時候，沒人會去想他的配點正不正常，廢不廢。

因為他開始分身了。一變二、二變四……等八個分身雙持又操縱十六把匕首衝下守護石祭壇，原本衝鋒上去的玩家又嗷嗷亂叫的衝下來……滿天飛舞著斷肢殘臂和血花肉塊的場景實在太可怕了。

遠攻的法師弓箭手還以為自己是安全的……但橫越六十碼的匕首雨告訴他們，

在發怒的狂信者之前，任何生物都不是安全的。

灰燼撐了四分多鐘就終止施法，安坐在祭壇邊喝靈水回魔。她已經喝了太多特藍，導致出現藥物中毒的負面狀態，只好在戰場上喝水了。

但是想偷襲她的盜賊或刺客很可憐……畢竟被大字足本鑲銅邊的聖經生生敲破腦袋，還是死於牧師手裡，心靈上會受到很大的傷害。

被速度強化的狂信者刺客（乘以八）狂犁過一遍，歷時六分四十九秒，天下制霸公會團九十八人，滅團。

「好像有點久。」心火還很旺的灰燼說。

「剛被控場時砸瞎了一隻眼睛。」收回分身的風胥癱坐在祭壇前，「準頭有點不夠。」

「……」

他們回到冥殿時，向來冷淡搞小團體的同僚居然都圍了過來。聖喬治怒火沖天的問，「吃虧了？混帳東西，敢耍老子的人？挖勒～!@#$%^，願上帝的神聖火焰燃盡這些污穢！」

一直很油條的更逍遙親切的問候三大公會的所有女性和女性親屬上下十八代，黯淡默默的組裝大得誇張的M200[23]，娃娃一下下的磨著死神鐮刀，聲音令人牙齒發痠。

灰燼苦笑，「沒，沒事。」只是她整個臉都被打腫了，青青紫紫的，時不時還要流點鼻血。風胥畢竟敏捷比較高，臉沒變形，但一只眼睛流著血淚，瞳孔灰白，看起來吃的虧更大……看起來不像是沒事。

他們平常時相互間都很冷淡，各有各的小圈圈，走不到一塊兒。普遍都有點心理問題的這群人，都是孤僻又高傲的傢伙。被殺了也是打落牙齒和血吞，恥於烙人。再說他們先天受隱藏職業規則的限制，不能夠主動PK。

但這次，真的把他們都惹火了。

很明顯的，這是個陰謀。將原本行蹤不定的「小Boss」利用任務的漏洞，集合起來謀殺的陰謀。六十級以後，他們這些強悍的隱藏職業玩家開始發威，深入普通玩家去不了的險惡之地做任務練等，很少出現在別人面前。

若是個別被堵了，那就算了。畢竟能深入到窮山惡水把人挖出來，那是本事。但用陰謀和任務漏洞……那就是挑釁，對所有侍從的挑釁！

其他兩組都有防禦上的優勢，機警的突出重圍，破壞守護石後離開。只有娃娃比較倒楣，被盜賊偷走了一枚戒指，大致上都沒受什麼傷。

但這兩個被擊殺記錄最高的布衣組合，不知道被虐成怎樣，爆了什麼神器了！

他們聚在一起就是討論怎麼引蛇出洞，一口氣滅了這三個愚蠢的公會。

「真的沒有……」灰燼不大好意思的笑笑，把自動落到包裹裡的裝備一把把的掏出來。天下制霸雖然沒有成功，但是「意圖弒殺半神」就有罪惡值，隨著攻擊時間節節高升。

23：由美國夏伊戰術公司（CheyTac）生產的一款狙擊步槍。本書引用之槍械名稱，均為實際存在或存在過之槍械，以下不另做說明。

雖然不想要，但這些垃圾還是把她和風胥的包包塞了個死滿，還有好多撿不起來。

「……你們，殺光他們？」更逍遙張目結舌。

「任務失敗，就能走了。」風胥淡淡的說。

更逍遙慘叫一聲，「我怎麼這麼笨！殺光他們就好了呀！還幫他們完成任務……我豬啊！」

兩組人馬表示懊悔。因為他們破壞了守護石，讓那兩個可惡的公會完成了任務。

這次的事件，讓三大公會損失慘重。雖然有兩個公會謀殺未遂任務也完成了，但因為天下制霸的滅團，少了一個守護石，所以冥道遠征的最後任務失敗。冥道主的失敗懲罰非常嚴厲，冥道各大主城含冥殿聲望，以公會為單位，個個降到冷淡。

這表示頂著這個公會名字的會員，每一個購買物品時得忍受兩倍的價格，出售時卻只有一半，拍賣場的委託金漲三倍，讓三個會長都垮了臉。標準偷雞不成蝕把米……而且那把米恐怕有個穀倉那麼多。

可這樣還不讓冥道主解氣。這個非常護短的冥道之主，對那些敢陰他的人毫無憐憫，針對這三個公會下了非常嚴酷的詛咒「陰冥之怒」……

頂著公會名字的人，足足打了一個月的垃圾，連白色裝備都出不來[24]。

惹得三大公會的會長跑去華雪抗議，地獄之歌的客服和GM欲哭無淚，求爺爺告奶奶的才讓冥道主消氣，撤除了詛咒。

不然再繼續下去，三大公會只好解散重組了。

冥殿有個小祈禱室，是屬於隱藏職業玩家的。大部分的傷害灰燼都能處理，但被斬斷手腳之類的「殘廢效果」，非到小祈禱室施展「重生」不可。

風胥傷得比她想像的還重，屬於「重度殘廢效果」……他差點被打出眼珠的左眼不但瞎了，一邊的耳朵也聾了。

24：某些遊戲（如暗黑破壞神）將裝備以名字的顏色做區分來表示稀有程度。一般來說，白色代表的是普通，也就是隨處可見的尋常物品，連白色都沒有，自然就都是沒有價值的垃圾。

身為唯一夠資格的聖職（聖喬治不算。他最盡力的治療效果沒她十分之一），灰燼只來得及匆匆抹了把臉，雖然腫得跟豬頭沒兩樣，但都是皮外傷。可「重生」是高級聖術，她全部的魔恐怕都不太夠，哪有辦法浪費在自己身上。

等她治療並包紮了風胥，她也真把自己的魔榨了個乾淨，疲憊得只能坐下來喝靈水。

「你得休息兩天了。」她疲倦的說。

風胥用他完好的右眼看了看灰燼，撫摸厚厚的紗布。「……妳應該先救自己。」

灰燼乾笑兩聲，「你若被揍死，接下來我更非死不可了。救你就是救我自己啦。」

「妳說謊。」風胥淡淡的說，卻把灰燼噎得咳個不停。

風胥垂下眼簾，「……是我心不在焉，所以才會這麼危險。」

……大哥，你心不在焉、瞎了個眼睛半聾，還能滅了人家一整個公會團……

她微微顫抖了一下。

「灰燼。」風胥一開口，讓她驚跳了一下，「妳……能不能……幫我訂一束花？」

啊？

灰燼一下子矇了。這是怎樣？會不會跳tone跳太大？

「我沒辦法付現實的錢給妳……妳能不能，能不能讓我用遊戲幣？我付一千萬。」

灰燼微微張著嘴。一千萬！折合新台幣可是好幾萬拜託……地獄之歌的幣值一直很高……沒辦法，錢難賺。商城[25]太搶錢，玩家交易都是用金幣的。

「……你這花是要送去北極嗎？」灰燼的臉一垮。

「當然不。」風胥居然泛出淡淡的紅暈，「妳住北極？那就算了……」

「我住台中啦，什麼北極……不對，」灰燼兩手亂揮，「等等，我都讓你說亂了，你花要送哪？」

25：遊戲公司中用來販賣虛擬物品的部門。

這個剛滅了人家一公會團精英的冷血刺客居然扭捏起來，「台北……」聲如蚊嗚，「明天是她生日……」

欸？難道他們都同在台灣嗎？但是更讓灰燼缺氧的是，這個可怕的狂信者刺客浮現出羞澀的模樣，讓她完全不能接受。

世界末日要來了嗎?!

她好不容易鎮定住心神，詢問了花種和地點、受贈者姓名。

十一朵紅玫瑰應該不會是送給老媽的對吧？

「署名誰？」

「……就，613吧。」他露出孤絕的神情，「不，算了，還是不要好了。」

「你要我啊?!」灰燼罵了出來才自覺失言。天喔，這麼有趣……不是，為朋友兩肋插刀都在所不辭，何況只是送花，「送花嘛，小錢而已。網路訂很方便……你不用給我錢啦！卡片想寫什麼？要不要我幫你？你們關係怎麼樣？要甜言蜜語還是君子之交淡如水……」

（其實只是妳的八卦魂熊熊燃燒而已吧？）

「不要了。」風胥沮喪起來，「這一定是沒有希望的事情……可是我真想知道，她的回答……」

然後風胥就沉默了。但灰燼不能接受他的沉默。即使她自己在愛情路上摔了一大跤差點摔死，但她依舊擁有對愛情的美好憧憬，更希望自己的朋友快樂。

在她追問下，風胥才苦澀的說，「這個地址，是莫離桑精神療養院。」

安靜了一會兒，他很輕很輕的說，「她是護士……613是我的病房號碼。」

灰燼也跟著他一起安靜了下來。

＊　＊　＊

他望著漂浮在陽光下的塵埃發呆，按著聖經。

昨天他沒說什麼就下線了，沒有等灰燼的回答。或許，他從此就失去一個朋友……自嘲的咧了咧嘴，臉孔不受控制的抽搐了兩下，他沒有這種東西的。

朋友什麼的，最討厭了。因為他不會有。

事實上，他更不明白的是，為什麼會提出那樣的要求，為什麼是灰燼。說不定，可能，他一廂情願的認定這個老是無奈苦笑的小女生，是可以信賴的。

但這樣的一廂情願，很傻。

更傻的是，他早早的醒來，史無前例的乖乖吃藥，然後，等。等待著根本沒有希望的答案。

翻著聖經的手指顫抖，這是服了十來年藥物的後遺症。

不知道會不會太早。灰燼心底咕噥著，不安的看著剛剛八點半的時鐘。今天破例請了事假……這個月的全勤沒了。

手心沁滿了汗，她待在會客室忐忑不安。一大早就引起騷動，當她硬著頭皮提出要求的時候，所有的醫護人員看她的眼神都怪怪的。

臉皮很薄的她滿臉通紅，恨不得找條地縫鑽下去。雖然會客室只有她一個人在等，但是監視器虎視眈眈，她幾乎想轉身逃跑。

只是，這一年。這漫長的一年。困難的重建自我和自信的這一年，除了冥道主，也就這幾個不靠譜的同僚，與她相伴。

尤其是風胥。

雖然他們實在一直不太熟，一個月頂多共同執行任務兩三次。但他會克制好殺的本能，盡量的掩護她。

這蒼白的一年，她唯一回憶的起來的，只有冥道主、風胥，和那幾個不靠譜又冷淡的傢伙。

門一動，她慌得差點跳起來，和一個少年面面相覷。

容貌……大致上是對的。就是眉間愁紋很深，更蒼白更無血色，光著頭，臉孔不由自主的抽搐，身體和手時不時就顫抖一下。

縮著肩，低著頭，眼神不太正常的注視她，卻讓她安心了些。

這是風胥沒有錯。

帶著電子鐐銬的風胥冰冷卻生澀的開口，「妳……連容貌要改一改都不知道？」

「呃，」灰燼有些尷尬的苦笑，「創角色的時候太急了……」

沉默。該死的沉默。

明顯的風胥不肯先開口，灰燼只好硬著頭皮，「那個，啥，花……」

「她不要。」風胥的背駝了些，語氣沒有絲毫情緒。

灰燼張了張嘴，還是閉上了。她把花親自送到那位護士小姐的手上，才說明是613房的人送的，護士小姐尖叫得慘絕人寰，直接把花扔進垃圾桶，逃之夭夭。

畢竟，這是現實，不會出現偶像劇的美好結局。

「妳走吧。」風胥不由自主的狠狠抽搐了幾下，緊緊抓住自己的手。

「嗯，好。」灰燼站起來。她抓了抓頭，露出無奈的苦笑，「那啥……我第一次見網友，都不知道要說什麼……超不好意思的。還是、還是晚上見面再說吧……好不？」

陷入陰暗情緒風暴的風胥，有些迷惘的抬頭看她。好一會兒，他點點頭，拖著沉重的步伐，離開會客室。

風胥不知道的是，灰燼撿起垃圾桶裡的玫瑰，一走出療養院，沒有等公車，而是徒步走向很遠的捷運站，一面走還一面哭。

她很難過，非常難過。

在地獄之歌威風凜凜的狂信者刺客，驚世絕艷的絕頂殺手，在現實，卻被不知道是啥的精神疾病折磨得不成人形。

沒有自由，徹底摧毀。

她終於明白，為什麼風胥連送花的錢都沒有……因為他是被禁治產的重症精神病患。

灰燼覺得很羞愧。風胥從來沒有抱怨過什麼，可是她這樣一個自由自在的人，卻總是為了一段逝去的情感，不斷的不斷的追憶和抱怨，甚至需要斷意果的支持，才能勉強維持日常生活。

她就這樣一路哭著回去，小心翼翼的把有些枯萎的玫瑰，插在花瓶裡。

* * *

暗中偵查變成了正面對決，風胥覺得很棘手。

他現在正在暗魔君主麾下的第十六情報處，試圖竊取一樁重要的情報。但是駐守此處的暗魔騎士長的精神居然比他還高，以至於無往不利的「泯然眾人」被識破了。

情況不妙。暗魔騎士長比他高五級，旁邊還有兩個跟風胥同等級的暗魔騎士。三個鐵皮罐頭。他暗暗嘆息。看了看自己的小匕首，不確定能當開罐器。

左眼還是看不太清楚，這嚴重影響他的命中。讓他施展了渾身解數外帶三張神術卷軸和很多材料昂貴的陷阱，差點死翹翹才把這三個鐵皮罐頭撬掉。

好不容易退到「殘廢效果」的傷勢，又回到「重度殘廢效果」。一跛一瘸的搜索，才發現擺在書案正中央的就是他要找的任務道具……名字就叫做「重要的情報」，讓他忍不住翻白眼。

扔出一把匕首，他在洶湧的聖光中，傳送回冥殿。

這時候白鴿才飛過來，展開書信一看，居然是灰燼寫來的。

剛剛的任務太危險，所以他關閉了密語。大概是因為這樣，灰燼才寫信吧……真沒想到，她居然還會聯繫我。風胥默默的想。

將「重要的情報」扔給吸血鬼管家，他跛行著往祈禱室的方向走去。這個時候，灰燼應該是在祈禱室後方的空中迴廊澆花。

很奇怪的嗜好。

冥道雖然大部分的是暗屬性的植物，但其他屬性的也能欣欣向榮（雖然常常變異成怪物），連神聖屬性的植物都有。但在冥道，神聖屬性的植物未免萎靡不振、營養不良，很容易死掉。

讓眾同僚側目的是，這些既不能吃、也不能做藥，甚至不開花的雜草，灰燼都小心翼翼的移植到空中迴廊面積最大的懸圃，耐著性子把祈禱得要死要活才有的聖水，稀釋後灌溉這些生錯地方的神聖屬性植物。

雖然覺得灰燼就個傻子，不過同僚外出看到類似的植物，也會隨手拔回來，扔到懸圃去，反正灰燼會去收拾。

於是懸圃成了冥殿最綠意盎然的所在，連冥道主心煩時都會去那兒散步。

走進懸圃，原本疼痛不已的傷口居然感覺好多了。濃郁的神聖之風讓人心情平靜，撫慰心靈或身體上的任何傷痕。

正在澆花的灰燼回頭，本來是笑著的，看到他的狼狽，立刻垮了臉。「……你不能等眼睛好了再去作任務嗎？」

「我想轉移注意力。」他淡淡的說。

灰燼張了張嘴，還是無奈的閉上，示意他坐下，開始施展重生，復原他幾乎斷成兩截的腿，治療了他又開始滲血的左眼。

看著坐在地上喝靈水的灰燼，風胥靠在一堵殘破的圍牆上，取出一根菸，火光一閃，深深的呼出一口白煙。

「……我看了她兩年。」他聲音依舊冰冷，「每天下午三點零五分，她會穿越馬路，到對面的星巴客買咖啡，偷偷翻一下雜誌，蹦蹦跳跳的跑回來。

我偷偷地打聽她的名字。她調到六樓的時候，我是多麼開心……但開心得很短暫。

我在她面前發病……不，應該是為了她我才發病。我不是推卸責任，不是。我這樣的喜歡她，喜歡到想割斷她的喉管，剖開她美麗的胸膛……」

風胥的聲音變得嘶啞，微弱，「但我不想傷害她。我……不想傷害任何人。所以我才把自己關起來。可我沒辦法把心也關起來。」

風胥的疾病學名既複雜又難解，翻譯成白話就是，「殺人魔預備役」。

他從小就有強烈的殺戮衝動，直到十四歲終於爆發。他對此非常驚慌而痛苦，而且程度不斷的升高。從殺害昆蟲一直進階到野貓野狗，最終他發現，自己最想殺戮的，是人類。

原本他可能成為一個殺人魔，只要他能說服自己就可以。這是每個謀殺犯或連環殺手必經的心路歷程。

但他沒能說服自己。

在他十六歲時，將對他有好感的女同學騙到學校的地下室時，差點得手的他，發狂似的割破自己的喉管。

發達的醫學拯救了他的生命，卻沒有拯救他的心靈。

最後他主動坦承了自己的病徵，哀求著進了療養院，將自己關起來。到如今，已然十年光陰。

他被大量藥物摧殘得厲害，卻看不到痊癒的希望。直到兩年前，療養院試行的

「虛擬實境重生計畫」，他被選入實驗對象，才在虛擬中呼吸到一口自由的空氣。

很久沒說這麼多話，他覺得喉嚨很乾。說不定，不是說話的關係，而是因為緊張，很緊張。

一直安靜聽他說話的灰燼抬起頭，終於開口，「咦，原來你比我小啊。」

「……」

或許是現實中見過面，他們的距離的確拉近了不少……雖然還很遼闊。

風胥依舊冷著臉孔，熟練的打量灰燼頸動脈、心臟之類的要害，很少講話。也只有灰燼澆花的時候，才會靠著牆抽菸，有一搭沒一搭的跟她閒聊，聽得多，說得少。

灰燼的生活說好聽點就是純潔無暇，難聽些就是一片空白。不過人家連生平第一次暗戀與失戀都分享了，連疾病都沒有絲毫隱瞞……女孩子聽祕密的時候往往會搭上自己的祕密，百試百靈的……她也不例外。

默默聽完灰燼的悲慘遭遇，風胥面無表情的抬起頭，蒼白的臉孔在煙霧下朦朧，「名字。兩個都要。」

……不說不能主動ＰＫ，就算能ＰＫ，勞動您老大去殺兩個一級的玩家……這不是用青龍偃月刀殺雞麼？

「算啦。」灰燼揮揮手，繼續澆水，「打打殺殺的有什麼意義……」

天主教徒。風胥微微撇嘴。相信什麼以德報怨……

「在這裡殺他又能怎樣？最多也只能噴些裝備……又不會痛。」她喀擦的剪斷一根枝條，頗有殺氣的，然後幽怨起來，「為了這種人弄出個謀殺罪……又太不值得。」

……也對。取其輕重而已。人家天主教徒還搞過十字軍遠征，多猛的一群人……他還覺得自己挺狠的呢……瞧瞧人家小姑娘。境界不同就是不同。

「我會難過，其實最多的是覺得難堪和懊悔吧。」她苦笑一聲，「我媽早說過他不是好對象……我搬出去住，就是因為我媽天天跟我說『我早告訴過妳了』。我的朋友們……」

她的聲音漸漸微弱，「他們也是她和他的朋友。而且他們比我早知道，很早很早……他們都覺得，追求真愛是無罪的……」她頹下肩膀。

而且，比起古板不會玩遵守門禁的灰燼而言，那兩個會玩又有魅力的人，才是團體中的重心。

「頭兒真會取名字。可不是？無足輕重的灰燼。」她自嘲。

「妳不是。」風胥按熄了菸，鄭重的說，「妳不是無足輕重的。」

灰燼紅了眼眶，「謝謝。」她用袖子用力抹去眼淚，「你是好人。」

……我差點成了殺人魔，得獨自關在療養院重症病房。好人？妳的好人定義會不會太廣泛……？

表面上很酷的風胥，心底其實也頗複雜的。

他已經關在療養院很久很久了。撇開無法遏止的殺人衝動，他其他部分還算正常……可人類本能渴望的群居和交流，都因為他的病徹底沒希望了。

跟他話講得最多的是所謂的心理醫生。問題是這些明顯比他嚴重許多的傢伙，提出種種謬論，並且互相矛盾。

有的說他大腦放電異常（可檢查結果跟正常人沒兩樣），有的說他兒時被虐待（沒有這回事，他父母都很好很正常），有的說他是青春期性亢奮的扭曲（有人聽得懂嗎？）等等……也有說是以上數十種成因的組合或者是總和。

更糟糕的是，這些傢伙一跟他談天就喋喋不休，硬要他說出點異常來才肯放過。他都納悶被這些心理醫生治療過，是越治越好，還是越治越惡化……

無疑的，死寂的生活裡，他很寂寞。

但已經這麼久只與寂寞為伍，他已經不知道怎麼跟人交流和來往了。所以等八十級他學會泯然眾人後，最大的興趣是，掛著泯然眾人到處漫遊，偽裝成路人甲聽著別人交談說笑，汲取一點活著的味道。

本來以為灰燼知道真相後，會尖叫著逃跑……自家事自家知，他也知道自己頗嚇人。沒想到她還是老樣子……傻妞就是傻妞。

但他還是感動的，不是不想多和她聊聊……多稀有的，與人交流的機會。

可就吐不出話來。

只有她背對著自己澆花，他把自己藏在安全的煙霧下，才有辦法和她交談。

很高興，也很發愁。雖然他也很意外，照說他若對女人有好感，就會忍不住生出血腥的渴望……但看著她的時候，只是習慣性的要害偵查，卻沒真想切開她的喉管。

但能維持多久呢？

他真心祈禱上帝賜予他克制和勇氣，別讓他對著唯一能交談和交流的對象開腸破肚啊……

更希望屬於正常人的灰燼，不要太過恐懼而嚇跑，阿門。

至於一無所知的灰燼呢？

坦白說，她只是個普通的少女，雖然會感到憐憫、同情，但也不可能無畏無懼。

只是她和風胥認識一年多了，接觸不多，但風胥保護她的時候比較多，傷害她則一次都沒有。現實的風胥可能讓人害怕、也令人憐憫。

但在地獄之歌……她該害怕的是天天追殺她想爆神器的玩家，比起戰鬥力，是風胥要憐憫她這個柔弱的聖徒吧？

（對於柔弱這個評價，被秒殺的骷髏將軍表示憤怒，嚴厲的指控這是令人唾棄的謊言。）

她也知道，說不定風胥會發病，出手抹她脖子或大卸八塊。但這可是遊戲啊！死了會復活，沒死她自己會補血啊，不會損失什麼。

而且一個人能充滿勇氣的把自己關了十年，就算傷她也絕對是無心的……不知道為什麼，她有種盲目的信心，風胥不會那樣的。

他們雖然不是小圈圈，總是交集了一年多欸。相較其他不靠譜的同僚，這個預備殺人魔可是唯一會保護牧師的刺客。

她覺得自己把所有好的壞的都思量過了，自我感覺超級良好的信心十足。雖然不至於白癡到以為愛可以征服世界，惡魔都可以染白成天使……

當個不會砍她的朋友應該沒有問題吧？

不管他們倆的想法分歧到怎樣的迷宮狀態，大抵上氣氛友好，這兩個若即若離呈現交集圓的狂信者刺客和墮落聖徒，正式成為冥道主侍從中第三個小圈圈。

（是說六個人就有三個小圈圈，這團體之團結度實在是……）

於是人際交流技能點等於零，副職業為畫家（生活技能[26]）的風胥，請絕無僅有的「朋友」來他最得意的畫廊挑畫，無一不是他最心愛的傑作。

冒著冷汗兩腿發軟的灰燼硬撐著參觀完了整個畫廊，挑了一幅畫，非常禮貌的表示喜愛與讚賞，不過她祈禱的時間到了。風胥很紳士的護送她到祈禱室才離開去做任務。

等確定風胥離開了，灰燼蹲在祈禱室乾嘔了很久。一個殺人狂的內心世界實在太「豐富」，「豐富」得她都吐了。

看了看手底的畫，她很納悶。為什麼有人能把優雅和恐怖揉合得這樣天衣無縫，讓人邊讚嘆邊嘔吐。

不管怎麼說，風胥的手非常靈巧，畫風纖細卻充滿力量，跟他的個性很符合……就像她手裡的這幅……「貓」。

纖細、優雅，充滿張力。背對著的「貓」半轉頭，活生生的貓兒眼像是會隨著人轉。但牠叼在嘴裡的，是半截屍體，斯文的圈著自己的尾巴，充滿暴力感的鋼刺。

這還是最柔和的一張。

其他的同樣優雅纖細……但是美麗的天使卻肋骨破開如豎長的獠牙，當中還有個地獄般的眼睛，含情脈脈的戀人卻把手探入對方的胸膛掏出心臟之類的……整個畫廊都是這樣的主題。

風胥……真的不會把她的腸子拖出來嗎？她有點動搖。

後來風胥收到了回禮……一個有他一半高的兔寶寶，眼睛可憐兮兮的，垂著耳朵，非常柔軟。

「謝、謝謝。」他抱起這個大兔寶寶，滿眼疑惑。

他是知道，這個喜歡園藝的同僚，生活技能是飾品師……理論上，這個大兔寶寶的確是個飾品……還是個紫色飾品，附帶技能「心靈安撫」。

26：遊戲中的一種系統，有別於戰鬥用的技能，多半屬於製作物品、交易，用來讓玩家體驗在遊戲中生活的樂趣。其成品有些可能僅供觀賞，也可能帶有某些增益玩家能力的特效。

不說心靈安撫只能讓怪的偵查範圍縮小，是個純度很高的廢技，他也不可能扛著這麼大的「飾品」出門打怪啊？

「你可以抱著它讀一讀聖經，心靈會受到相當的撫慰啊。」灰燼斟字酌句，「裡面我填了很多神聖屬性的香草……你要是覺得心靈不太平靜……」

或者你突然想殺人……聽說殺人魔是因為嬰兒期沒有受到足夠的關愛和擁抱。她可是詢問了許多心理學專家才決定這個可以擁抱的禮物的。

當然，這些話她不敢說。

「原來如此。」風胥恍然大悟，「謝謝。」

後來那個大兔寶寶成了風胥睡午覺的枕頭，卻沒真正體悟到灰燼的好意。

畢竟風胥一天在線的時間長達十六個小時，充滿神聖氣息的大枕頭對他來說，真是睡個好覺的最佳選擇。

後來出門打怪他也會帶。因為這個看起來很廢很傻的大枕頭，小睡一下都能快速恢復精神力……讓他對這個貼心的朋友無比的感激。

* * *

沙沙的聲音在廣大的地下溶洞發出空洞的迴響。

一臉深思的灰燼並沒有如往常般，遇到寶石就下來挖掘，反而催促她的坐騎寶石行龍快快前進。

寶石行龍是飾品師的專有座騎，雖然名字有個「龍」字，形態也宛如蛟龍，但卻不是真的龍，頂多算是一種寶石的「靈」，只能跑步不能飛行，不過在地底行走有280%的加成，只是食量很大，而且吃的是寶石……除了灰燼，還沒聽說誰養得起。

「別顧著吃……唉，我知道你餓了……」灰燼安撫著不滿的座騎，「回去就餵你好不？快點兒……你不希望頭兒發脾氣吧？」

屢屢要把腦袋伸到溶洞牆壁上寶石的寶石行龍，聽到「頭兒」，才把腦袋一縮，乖乖的趕起路來。

灰燼繼續陷入沉思中。

她剛完成一個任務。這個任務本來是很普通的探查，地點就在罪惡之城的下水道。這任務別人來過可能要花點手腳，但是對於一個掌握遍布冥道地下溶洞的灰燼來說，可說不費吹灰之力。

可那個有著魔法隱蔽的探查點，不但有玩家在那兒忙碌，還有個小型的靈魂熔爐。她真的很詫異。

因為，那些玩家看到她沒有喊打喊殺，而是叫著，「快攔住她！不然任務會失敗……」

不大對勁。因為她是冥道主侍從，與NPC的陣營相同，所有任務的發布都不會跟她起衝突才對……最重要的是，那個靈魂熔爐並不屬於冥道主。

這太不對了吧？

冥道主是冥道最高的主宰，但社會結構，卻是封建式的金字塔。冥道主直屬的王畿是罪惡之城和悲傷森林，其他由各族君主、領主、頭目主掌，只是對冥道主稱臣。

照原始設定來說，冥道所有的鬼魂邪魄都是不死的。就算一時死亡，也會回歸各君主的靈魂熔爐重生，但等階會下降到最低，要重新修煉了。

別的玩家可能不知道，但他們這些侍從可是很清楚的。不是玩家才會做任務升等，NPC們也跟玩家相同，會做任務打非本族怪練等。等級低的可能還只有本能，但是等級越高就會越聰明，而且會不斷的挑戰本族的上司，最後能成君主的都是多智近乎妖的角色，甚至可以跟冥道主抗衡，用強大的法術隱蔽逃避冥道主的無所不知。

但各君主對王座垂涎三尺卻又無可奈何的是，所有的玩家，都是冥道主方的勢力，而且冥道主還擁有不會降階，對死亡無所畏懼，宛如半神的侍從們。

灰燼滿腹疑惑，又毫無辦法的大開殺戒，因為那十個玩家真的要跟她拚老命，她還不想死……她這身裝備是很貴的。

雖然殺完玩家，她的任務已經完成……她還是謹慎的把這個自爆的殘廢靈魂熔爐砸個粉碎，然後把碎片都收起來。

辨識了半天，她也只能辨識出絕非冥道主的靈魂熔爐，但印記已經全毀，看不出是誰家的了。

她有一種很不安的感覺。所以才會不斷的催促寶石行龍，快速的從地下溶洞跑回冥殿……誰讓這個任務完成得太快，她的回城法術還沒冷卻[27]。

奔過長長的階梯，終於出現在冥殿附近的暗門外，她順手餵了顆價值一萬金幣的翡翠給寶石行龍，就把它收起來，奔入冥殿。

毫無意外的，冥道主當然不在王座上。不知道去哪邊拈花惹草了……反正灰燼也沒指望他。

「管家大人……」她直奔吸血鬼總管。比起荒淫無道的冥道主，還是死要錢的吸血鬼總管靠譜些。這是血淚交織的經驗談。

「尊敬的墮落聖徒，有什麼需要吾效勞的？」吸血鬼總管笑咪咪，讓灰燼起了一串疙瘩。她發誓，這個吸血鬼瞳孔浮出兩個「$」。

「我不是要買東西……」她趕緊掐斷總管撲天蓋地而來的推銷，她已經上當太多次了，「關於那個探查任務……」

「噢……」吸血鬼總管立刻索然，但還是很有禮貌，「吾王在懸圃等您的回報呢。不過在那之前，難道妳不想先看看……」

灰燼立刻把耳朵捂起來，不倫不類的行了個屈膝禮，火速落荒而逃。

別開玩笑了，被騙了一年多，難道還沒學夠教訓？剛開始傻呼呼的她為了一個「天堂禮讚」可成長的神器，讓吸血鬼哄著借了高利貸……八出十三歸啊！結果第三天就被玩家爆出去了。她還了半年還沒還完，是冥道主可憐她，私自幫她還了。不然到今天她可能還滿身綠裝。

她不得不承認，比起別人，冥道主待她不是一般的好。

如果不要老荼毒她心愛的花花草草，那就更好了……

轉身衝向懸圃，心底暗暗叫了聲苦，果然冥道主悠閒的……正在汲取神聖六心樹的精華，她費盡苦心養有半人高的小樹，用肉眼可見的速度枯萎了！

「吾王！」她慘叫，「您手下留情啊！」

雖然說，「玉體橫陳」、「媚眼如絲」實在不適合形容冥道最偉大的冥主，但灰燼還真想不出其他形容詞。

27：意指技能或法術使用後到可再次使用的時間，以避免玩家連續施放強大技能，導致遊戲強度失衡的設計。

他們家的頭兒，就用以上兩個形容詞的姿態，撐著臉頰，饒有興味的看她。

但灰燼卻沒有心情欣賞如此「美景」……冥道主就半躺在她心愛的花草上。

「頭兒……」她欲哭無淚，「這兒有石椅……」

「我喜愛大自然。」冥道主非常和藹可親的說。

「您……您……您真的是冥道生物嗎？」灰燼眼眶都紅了，「怎麼不怕神聖屬性的植物啊?!」她真的要抓狂了。

「嗤。」冥道主嘲笑她，「我誰？我可是一道主宰。有什麼屬性我不能消化的？不然你們神聖屬性的裝備哪來？冥道會自體生長嗎？」

灰燼頹下肩膀，過往的經驗告訴她，千萬不要跟冥道主拌嘴。讓他老人家拌得高興，懸圃可能又要從宇宙洪荒的荒蕪重新建立了……她的心臟受不了。

「那個……」她火速轉移話題，「吾王，剛剛的探查任務，請容我報告一下……」

冥道主靜靜的聽，瞥了眼那包碎片。「小殭尸不安分哪……」笑了一下，卻沒發布後續任務，反而閒聊起來。

「聽說妳最近跟風胥走得很近？」

灰燼發毛起來，因為冥道主眼中出現的閃亮充滿八卦味道。「那個……也不算很近，」她支吾了一會兒，「朋友嘛。」

冥道主壞笑，「如果他不是關在精神病院，大概就會越來越近了。」

灰燼的眼睛瞪圓了，「您、您怎麼……怎麼知道他關在……？」

「當然知道啊。」冥道主撐著臉看她，「他們『虛擬實境治療計畫』裡頭最有攻擊性的幾個，也只能託付給我……不然誰控制得住？」

灰燼的眼珠子快掉出眼眶了。「頭、頭兒……你、你……你真的是NPC嗎？難道是哪個GM專門來假扮的……？」

「嗯？」這聲「嗯」真是百轉千迴，充滿無盡氣勢和威嚴，「NPC？GM？」

匡啷一聲，天空響起霹靂巨響，一個天打雷劈砸在灰燼的腦袋上，腦袋嗡嗡直響，附帶外焦裡嫩，冥道主的怒吼更讓她起了強烈暈眩效果。

「本王可是無所不知、無所不曉的冥道主宰！妳這死丫頭是我的直屬侍從！妳不恭恭敬敬的喊聲『吾王』我就算了，NPC?!還把我跟那些低等生物的GM相提並論！不給妳個九重天劫妳不知道死這個字怎麼寫！……」

「我錯了吾王！您是英明神武宇宙無敵洪荒最強的冥道主！GM只是進化無望的草履蟲！您絕對不是NPC！」

灰燼還是很識時務的，跟她那些不識時務的同僚不同。那些腦袋有黑洞的同僚用肉體示範了許多負面教材還生死不悔……最高記錄保持人更逍遙，曾經讓冥道主虐殺又復活，復活又虐殺了三次。

但即使受過這樣非人待遇，更逍遙還是誓死不悔，繼續他和聖喬治的打寶大業，到處殺不該殺的神級Boss，譬如上次的黿龍。

「就是。」冥道主笑靨如花的幫灰燼補血，「妳能幡然悔悟，本王就大度的原諒妳吧……誰讓妳是我最疼愛的侍從呢？」

灰燼淚流滿面。服侍這個喜怒無常的主子不是啥好差事啊……人家說伴君如伴虎……可伴冥道主，宛如伴著活火山，動不動就爆發的。

她開始深刻的反省，怎麼就不長記性，一口氣發動了「NPC」、「GM」兩個禁忌之語……

「我最疼愛的侍從，」冥道主目光柔和的看她，「妳是否萌發辦公室戀情了？」

「……真的沒有。」她的淚更洶湧了。

「嘖。」冥道主索然，「這樣妳要怎麼從地獄之歌畢業出去？我還指望妳把風胥一起帶走呢。」

灰燼內心隱隱作痛，幾乎不能呼吸。一年多了，都一年多了。她以為自己已經放下，已經看開。但觸及到「戀情」這類的關鍵字，她就痛，痛得要命。

她無法愛上誰，或者被人所愛。甚至無法看著別人歡歡喜喜的在一起。她忌妒、怨恨，同時為那些情侶恐怖的未來恐懼，甚至噁心。

墮落了。她真的真的……墮落了。再也不是純白無暇，虔誠的信仰上帝的那個她。

「……任務完成。」她強忍著淚，伸出的手有些顫抖，「吾王，斷意果……」

「毒蟲。」冥道主咕噥著，將斷意果遞給她，眼神卻越發柔和。「我心愛的侍從，妳的心有很大的缺口，斷意果只能麻痺傷口，卻不能治好妳。」

她吞下那枚果實，痛楚漸漸遠去，眨了眨睫毛上的淚珠。「吾王，我不在乎。其實……我一直很感激你。」

「感激一個NPC？」冥道主挑了挑眉。

灰燼抬頭看他，望進他的瞳孔，看到了自己的倒影。「雖然我不知道為什麼……但吾王，您有靈魂，不只是NPC。」

冥道主吹了聲口哨，笑意盈盈，宛如春光乍現，美得讓灰燼有些頭暈。「我最心愛的侍從……妳無限接近了答案。」

他緩緩接近了灰燼的臉龐，讓她的大腦一片空白。冥道主在她耳邊低語，「心愛的，妳願與我共度良宵否？」

這下灰燼的腦子成了團糨糊，只剩下反射性的反應。「可、可是……侍從要保持貞潔……」

「我不包含在這個規則裡。」他的聲音很低、很誘惑。

「那個、那個啥……」灰燼全身都僵了，連轉動脖子都不能，可憐兮兮的說，「我、我能不能……能不能說不……？」

「嘿。」冥道主笑了一聲，依舊逼近……在她額頭留下了一個吻。「我的提議隨時都有效喔……」彈了彈手指，他宛如清風般消失，留下呆若木雞、臉紅得要出血的灰燼。

等她大腦可以運作的時候，發現她有了個永久性的增益效果：冥道主之吻。所有的屬性都翻倍，並且強制屬於冥道主陣營，不可更改。還有個小小的附註：再也不能轉其他世界（遊戲）。

但這不是讓她最驚嚇的。

而是風胥聽了她語無倫次的論述，點了點頭，「喔，妳也有啊？那妳是第二個了。」

「……還有誰？」

風胥撥起額前的頭髮，一個銀亮的小小五芒星……就和灰燼一樣。「我啊。」

「……你……你答應了……？」

風胥很遺憾的說，「我問頭兒肯不肯讓我割開喉管、剖開胸膛……他沒答應，所以只給了我一個吻。」

「……嘎～」灰燼抱著頭發出慘叫。這個世界真的太瘋狂了。

＊　＊　＊

「妳要把地獄之歌視為真實，而且不要把頭兒看成普通的ＮＰＣ……應該說，地獄之歌所有ＮＰＣ都不能看輕。」風胥很認真的說，「千萬不要跟鐵皮罐頭和死道士那樣，說什麼……『不過是遊戲。』這樣會死得很慘很慘。」

「我是，真的。」灰燼聲音沙啞的回答。

「所以頭兒吻妳啊。」

灰燼晃了一下，用力握住龍角。她和風胥共乘在寶石行龍上，正在地下溶洞用２８０％的高速前進中。

寶石行龍雖然說明上標誌可乘載五人，卻沒地方坐，只能站著。她獨自駕馭的時候是握著龍角……但風胥不愧是刺客，平衡感超好，雙手抱胸也能穩穩的站在寶石行龍上。

「……別提醒我了。」灰燼軟弱的說。她希望趕緊忘掉這樁可怕的惡夢。

唉，天主教徒。風胥搖了搖頭。雖說是二十一世紀中葉了，據稱某些頑固的天主教徒還講究婚前守貞。沒有愛情包裝的親密，對他們這些頑固的教徒來說刺激太大。

他盡責的安慰灰燼，畢竟是絕無僅有的朋友，「別擔心。頭兒不會再吻妳了……只是三不五時他會問問看能不能跟妳上床……」

「嘎～」灰燼抱頭慘叫，差點就跌下寶石行龍。幸好風胥動作快，火速抓住她的背心，靈巧的攢住龍角，不然咱們精神飽受打擊的純潔聖徒，在這種高速下應該會沒命……還附帶毀容效果。

「冷靜點，冷靜點，深呼吸……這是心理醫生教我的。」風胥加大安慰的力道，「頭兒不會用強迫的手段啦……不過聽說他用過催眠還是魅惑啥的……」

「住口啊啊啊啊～～這是職場性騷擾啊～～」深幽的廣大地下溶洞，傳出陣陣慘絕人寰的迴響。

起因如此的令人欲哭無淚，飽受驚嚇的灰燼倒是跟風胥的距離近了許多……接任務的時候灰燼都硬拖住風胥的衣角，死都不跟冥道主單獨相處……雖然被調戲得更嚴重。

但是比起風胥的殺人狂，她還是寧可被割斷喉管，也不想跟色情狂的冥道主獨處。實在是冥道主的事蹟太偉大、太百無禁忌了。冥道主宰不僅僅是性別沒有問題，連種族都沒有意義。

連毀滅之壑（冥道包圍唯一陸塊的廣大海洋）的九頭蛇領主都是他的入幕之賓，可見他守備範圍多麼的寬廣……

魔掌沒有伸過來之前，灰燼還可以遠遠的欣賞一下美色，聊聊天。一旦被伸過魔掌，她立刻想起所有環繞著冥道主的花邊緋聞，立馬把冥道主打入「公共廁所」般的淫魔之流。

「有那麼嚴重嗎？」風胥納悶了，「地獄之歌的基調本來就是這樣啊……無道德。」

「才不是！」灰燼吼了，「地獄之歌的原始設定並不是這樣的！……」

曼珠沙華的原始設定者綠方，花了十七年的時光，詳盡的設定了整個妖界三十一國，最後發瘋而死，這是眾所皆知的軼聞。但是這十七年的漫長時間，她同時還留下了兩界六道的「粗疏設定」，甚至沒有實際設定的人界也有註明：「玩家已生存於此，無須設定。」

不管是界或道，都擁有自己的「粗疏設定」，所謂的「粗疏設定」大概跟灰燼手中大字足本鑲銅邊半尺厚的聖經分量差不多。

而且在設定初期，她在備忘錄裡已註明了「遊戲群」這樣的創新概念。華雪在「曼珠沙華」取得空前絕後的成功後，卻因為其他設定的粗陋，才扭轉為「資料片」，但最終還是走回了原始設定，確立了三界六道的「遊戲群」。

但也因為留下的只有簡陋的大綱，地獄之歌企劃部和美術部成員一心想超越曼珠沙華，超常的發揮創意，才會導致地獄之歌這種不中不西，港漫風濃厚的風格，再加上廣告的誤導，造成了今日「春城無處不飛花」，很賺錢卻背離冥道設定非常遙遠的情形。

講好聽點，是淺顯門檻低，和藹可親。講白點就是，媚俗。

事實上，冥道的「無道德」，是建立在鬼靈邪魄艱困無比的生存權和環境上。因為資源過分貧乏，所以要團結成小團體求生存。但團體若越來越大，需要的資源就越多，內部成員要不就互相爭奪，不然就是把矛頭向外，朝外劫掠。

所以地獄之歌中的「公會」一成立，就擁有自己的領地村，一方面要發展武力避免被其他公會吞噬，另一方面又要吸收生活技能玩家，充實自己的軍備和物資。因為地獄之歌的副本裝備，比起宗師級鐵匠產生的裝備要低階，而且宗師級鐵匠打造的裝備能夠武裝聘雇而來的NPC守衛，更富有優勢。

對生產技能的重視，可以從綠方原始規劃的罪惡之城和苛細的生活技能略窺一斑。這個全冥道最大的主城，擁有龐大的生活技能教師和各式各樣的實驗室、鐵匠鋪、織坊等等。選擇生活技能的玩家甚至可以不出城就獲得等級和熟練，最後出仕到各個公會去。

但為了適應這種嚴苛環境所設定的「無道德」，卻被擴大到極限，最後成為唯一的焦點。導致地獄之歌成了一夜情專屬遊戲。

從賺錢的角度來說，地獄之歌的確是鑽石雞；但從遊戲的設定來講，浪費了完整繁複的生活技能系統和公會系統，無疑的，非常失敗。

風胥睜大了眼睛，看著娓娓而談的灰燼，「妳這遊戲的小白鴿，怎麼會知道的？」

「這個地下溶洞的完整地圖，就是做任務來的。」灰燼坦承，「任務還送了一本書，看起來挺有意思的……頭兒邊看邊笑，也說沒錯兒。」

她從包包裡掏出一本書：《燃燒的偽詩篇》，遞給風胥。

沒有屬性，沒有用處，而且還是灰裝。

風胥接過來看，很快的被吸引了注意力。不能不說他平衡感真是超讚的，站在速度如此之快的寶石行龍上，不用扶任何東西，就能夠穩穩的看書，手都不顫一下。

這一定是某個憤怒的工程師無處洩恨，只好做成這麼一個沒用的道具發牢騷。

風胥默默的想。

「對了，」灰燼回頭，「什麼是遊戲的小白鴿？」

「小白又菜鳥。」風胥頭也不抬，漫應著。

「……」

灰燼的確小白又菜鳥……地獄之歌就是她真正動手玩的第一個遊戲。會進入地獄之歌的理由令人啞口無言，過程更是曲折離奇。連只在嘗試精神治療時接觸過幾款網路遊戲的風胥，在她面前都能理直氣壯的自稱老手，可見有多悲哀。

幸好地獄之歌是全息[28]網遊，十二萬分的超級直觀。若是那些需要鍵盤和滑鼠的遊戲，灰燼大概就死定了……因為她還有個暈3D的毛病。

但如此直觀的地獄之歌，灰燼還是鬧過不少笑話……她用聖經敲怪敲足了三十級，才發現法術技能不是擺好看的。但是直到她八十級之前，還必須看小抄才能正確的吟詠咒語。難得她這樣一個看小抄的補師，居然還能補得全隊不死人……不知道是同僚太強悍，還是她有特異功能。

最常跟她搭檔的風胥總是冷著臉，無語問蒼天。感慨天下居然有這樣小白又菜鳥的玩家。

也幸好她太菜鳥又太小白，一直以為網路遊戲就是會一直死掉，又對斷意果有著強大的需求，才沒被小時候的「一日百死」嚇得落荒而逃。

「……這個任務怎麼接啊？」翻看完燃燒的偽詩篇，又看看死寂卻非常便捷的地下溶洞，他也考慮做做看。畢竟趕路實在太方便了……比飛行還方便。冥道的天空也不是安全的，常常要閃食屍鳥等各路妖魔鬼怪，不幸撞到骨龍或神級Boss，連閃都沒機會。

相較之下，四通八達還有傳送陣可用，幾乎沒有生物的地下溶洞，對一個神出鬼沒的刺客，實在太實用了。

「死亡次數達一萬次就可以接到了。」灰燼很坦白，「靈魂熔爐直接發出的……我好像四十級接到的？呃，還是三十？」

「……」

28：全息，或稱全像，全像技術本指類似立體投影，或是使影像具有立體感的技術，此處借指以全3D影像構成環境的遊戲，可視為虛擬實境。現有的虛擬實境技術，多半僅視覺與聽覺具有立體感，與虛擬物件互動的方式則與使用滑鼠類似。

風胥默默的翻開個人日誌，布衣刺客小時候非常脆弱，他一直覺得自己深受死亡的鍛鍊……實在太自大了。他累計至今已然三年，一百二十級，也不過死亡22次。跟人家怎麼比？還沒人家的零頭多。

「我想我是接不到的吧。」風胥含蓄的說。這個記錄，太不容易。

「你還差多少啊？」灰燼很熱心的問，「需要幫忙嗎？」

……妳這小白鴿。風胥難得的湧起哭笑不得的感覺，「不用了……必要的時候請妳幫忙就好。」

「好的。反正我可以幫你復活……這樣死亡次數應該……」

風胥馬上掐斷她的熱心，「還有多遠？」

「我看看……」灰燼閉著眼睛按在手鐲上，在腦海裡立刻出現鮮明的地下溶洞結構，「傳送陣到了。經過這個傳送陣再五分鐘路程，是最接近的出口。」

幸好她的注意力很容易轉移。風胥默默的想。不然她真熱心的拖他去自殺累積死亡次數……真不知道該怎麼拒絕。

這次的任務很簡單，是個雙人任務……其實風胥一個人就行了。但冥道主笑了半天，私下要風胥多關照灰燼，就發布了這個簡單任務。

頭兒，也是壞心眼。欺負小白鴿真的不道德……雖然頭兒的字典根本沒有道德這兩個字。

他開啟了泯然眾人，然後技能分享，就讓他和灰燼進入路人甲狀態，大搖大擺的走入陽關公會所屬的寂靜城。

「這幾個公會居然還存在。」風胥很感慨，「頭兒也算是能容人了。」

「……這三個公會不會得罪了頭兒吧？」灰燼滿眼的不可思議。

「公測[29]時就得罪了……我以為早讓頭兒滅了，不然就是轉去涅盤狂殺了。」

灰燼眨了眨眼，她雖然是個小白菜鳥，還是認真翻過論壇了……雖然大部分都看不懂。「地獄之歌有公測？」不是直接營運嗎？

「有……當時是曼珠沙華的資料片，種族沒開，只有地圖。」風胥淡淡的笑，

29：正式營運收費之前，所進行的一項遊戲測試，開放給所有玩家進入，以測試伺服器在承載大量活動的情形下，是否運作正常為目的。

「那時罪惡之城的安全區只有靈魂熔爐區，足足亂了三個月。陽關、宏圖霸業、天下制霸這三個公會就是那時候成立的。」

他露出懷念的神情。那時候才叫做無秩序、無道德。也是第一次，他盡情縱放殺人的欲望，剁碎、切割、吊死……反正每個人都在做差不多的事情。第一次，他感覺到和別人相同……或說每個人的心底都有個殺人狂。

只是時間沒有維持太久……不到一個禮拜吧？狂暴而泥濘著血腥的街道，蒼白削瘦，卻風華絕代的冥道主降臨，享受似的深吸著充滿血味的空氣，「這就是我的城市吧？我的領土……所有的一切，都是我的。」

他為什麼知道呢？因為他親眼目睹了冥道主臨世的那個瞬間，和他身後的鐵血軍隊。秩序，是從冥道主的降臨開始的。

之後醫生刪除他在曼珠沙華的帳號，並把他和黯淡、娃娃，強行交給冥道主轄治，他沒有反對，意外的馴服，就是因為那一幕給他的印象實在太深刻了。

雖然是那樣的混亂、血腥，狂暴的街道。雖然是邪佞恣意的冥王。他卻獲得祈禱時才會有的平靜，莫名的感覺到聖潔。

「原來，」灰燼驚嘆，「你除了冷笑，還會真的笑啊。」

「……妳真是小白鴿，既小白且菜鳥。」

＊　＊　＊

這三個公會，背景都很類似……地獄之歌還是資料片時，就不約而同的嗅到金錢的味道。

畢竟，罪惡、色情，是最容易撈錢的地方。而且當時有謠言華雪準備讓現實貨幣與遊戲幣官方兌換，更是讓某些黑道份子熱情格外高漲，異想天開的想要大撈一筆，順便把不太乾淨的錢通過這管道洗白。

雖然倉促，但這些黑道集團還是把玩了曼珠沙華的少年仔集合起來，開往罪惡之城。於是本來就混亂的罪惡之城，更增加了勒索、敲詐、收保護費、賣春集團等等非常另類的從業人員，甚至迫不亟待的先後成立了公會。

在打打殺殺搶地盤熱火朝天中，這些打砸搶得非常開心的黑道公會，收到了冥道主的詔令，要求三位會長前來晉見，並且要他們所有收入都當核實納稅。

他們是誰？他們可是虛擬和現實都鐵錚錚的黑道兄弟啊！雖然玩遊戲的通常年紀都比較輕，在堂口聲音比較小，但是在虛擬中，他們可是公會老大啊！帶成百上千兄弟的！納稅？你個NPC算老幾啊？

會長呢，當然沒有去。但是派了幾個小弟去冥宮門口畫了隻很大又很醜的烏龜，扔了一個銅板。

於是，冥道主讓他們清楚了兩件事情。

第一、在地獄之歌，納不納稅是冥道主說了算，和黑不黑道一毛錢關係都沒有。

第二、地獄之歌所有人是冥道主，並不是華雪。

黑道是吧？不納稅是吧？冥道主冷笑了。NPC沒什麼了不起是吧？本來還覺得挺有趣的，虛擬也會產生黑道。想看看這群有創意的小子……不來就算了，居然塗了他的門板。

冥道主怒了，後果很嚴重。

當天罪惡之城，爆發了白色恐怖。敲詐、勒索、收保護費的，瞠目發現他們敲到了鐵板，正經八百直屬於冥道主的便衣警察——由城中守衛偽裝成玩家擔任。攻擊守衛，一刀就秒了。秒完應該不會掉級的地獄之歌，一口氣掉了十級。

悶不吭聲坑完了滿城的黑道從業人員，一個鐘頭後，冥道主才慢悠悠的公告，在城中攻擊守衛者，將遭受降級處罰，依攻擊次數倍增。

三大公會嘩然，一面暴打客服專線狂密GM，一面串連著準備推翻「暴政」。當時的冥殿可以自由進出，冥道主並沒有城主保護……也就是說，玩家是可以攻擊冥道主的。

最後的結果毫無懸念，罪惡之城連塊瓦都沒碎。不過冥道主狂性大發的屠盡了整城。風胥同時遇害，據表示，他並不太想回憶遇害的過程，只含蓄的說明，冥道主非常有創意。

這次的主城暴動讓曼珠沙華直接關機維護，並且造成地獄之歌從資料片轉變為新遊戲，罪惡之城直接成了全城安全區，華雪並且慎重表示，絕對不會開通現實貨幣和遊戲幣的兌換。

而這場主城暴動，在華雪全面打壓封鎖消息之後，漸漸的，也沒人提起了。

至於事後GM的眼淚和華雪高層硬吞下去的苦水，也跟著消逝在風中了……

玩家不知道的是，脫胎於醫療器材的感應艙，並不是什麼接神經接收腦波之類極度危險的裝置。二十一世紀初期，惡性失眠宛如瘟疫般躍居十大自殺死因之首，原本用來喚醒植物人的雙向夢裝置被嘗試當作治療手段，最後才有感應艙的誕生。

原本的構想很簡單：惡性失眠者其實都有非常短暫的入眠時間，淺層夢期卻斷斷續續，導致屢屢驚醒。感應艙的原理是先「預錄」一段安全平靜的夢境，讓患者能夠完整夢境，達到連續睡眠的效果。

後來有人做了夢境編譯器，原本的醫療器材也漸漸往娛樂方向大步前進。最後技術成熟，才成了全息遊戲。

至於腦波到底有沒有進入遊戲，直到營運好幾年了，還是個備受爭論的問題。但現今的感應艙型全息遊戲，的確是無數玩家進入系統的「夢境」。而系統的「夢境」，並不完全掌控在華雪手底。

一方面，對於系統如此高超的穩定運行和精確除錯非常欣慰，一方面，對於系統內的各界道主宰毫無招架之力，也感到非常傷心……

不過只要是走相同系統的全息網遊都有相同的問題，所有的遊戲公司都當成一個常規bug直接無視了……誰讓全息遊戲這樣賺錢。

只是所有的GM表示非常悲哀，常常被NPC鄙視，讓人情何以堪。

* * *

「哈～？」灰燼滿頭冒星星，「不是玩遊戲嗎？怎麼玩著玩著能混黑道了？感覺怎麼這麼蠢……不可能的吧？」

風胥臉孔一寒，「解釋妳能聽懂？妳這小白鴿知道啥是黑道？」

灰燼立刻低頭表示歉意，黑道和七逃仔對單純的她來說，比傳說還傳說，唯一的接觸機會就是社會版。風胥想要給她普及一下相關知識，可能要從盤古開天說起。

但她不知道，表面很酷的風胥暗暗捏了把冷汗。他少年就進了療養院，與世隔絕十年有餘……要求他這樣純潔的殺人狂深入講解黑道為何涉足網遊洗黑錢吸金，實在太不道德，太傷人了。

簡單說，他也知其然不知其所以然。只是剛好沒那麼白那麼菜鳥，唬得住很白很菜鳥的灰燼。

但是對公測時所有公會強迫解散，一切從頭開始，這三個公會居然又同名重生。照他們身上的罪惡值來看，應該就是那三個黑道公會。

「天下制霸……怎麼覺得好熟？」灰燼一面揮著聖經，深思說。

「啊。」風胥彈指，「就是上回被我們滅團的那個……守護石之三。」

「我說呢，」灰燼恍然大悟，「有些名字很眼熟。」

擠得水洩不通，努力在他們倆身上製造傷害的天下制霸會眾，聞言無不咬牙切齒兼淚流滿面。你想想，傾盡全公會之力，將兩個Boss圍獵起來，公會這邊前仆後繼，異常悲壯，結果人家兩個Boss旁若無人的開始聊天。

太不專業了，太沒有職業道德了。

會造成這樣熱火朝天，讓天下制霸會眾頻繁的從靈魂熔爐（重生點）跑向Boss，又被秒殺，然後又一次漫長征途的循環……實在是因為泯然眾人無可奈何的失誤。

他們這回的任務是要潛入三個公會的核心地帶，調查靈魂熔爐有無異樣。有異樣的話，就放個定時炸彈……怎麼看都是黯淡研發的那款。

前兩個公會都很順利，連公會NPC守衛都沒發現……畢竟聘雇守衛很貴，死了就沒了，所以聰明的玩家都聘雇血厚攻高的戰士型，搭配少數的弓箭手。

風胥說了，「這種物理攻擊類的，是出了名的智缺沒精神。除非是頭目級的少數高精神變態……不過他們雇得起頭目級的NPC嗎？」

但是踏入天下制霸的議事大廳，最人來人往的繁華地帶……風胥嘆氣了，「靠，變態。」

灰燼眼神異樣的看著他。這話風胥說起來，怎麼覺得有點怪怪的……殺人狂說人變態。

但風胥是真心認為的。他身為一百二十級半精半敏的狂信者刺客，精神之高，在NPC當中也算是少見了，許多法系NPC還不如他。

可是架不住極端配點的純精法系玩家，等級差得多沒關係，人家還可以搭配高精神裝備，一整個精神百倍……能夠識破他的泯然眾人。

一被識破，整個天下制霸就炸窩了。

讓風胥和灰燼更悶的是，天下制霸還能從失敗中吸取教訓，第一批圍上來的穿了一身白裝。幾波白裝攻擊後，風胥和灰燼的包包塞滿了垃圾，再也不能拾取。於是這些罪大惡極的罪犯們，保住了自己的裝備，吆喝著撲上來。

反正地獄之歌死就死了，等級雷打不動。現在又能保住自己裝備，重生點又沒幾步路，更是百死無悔，把他們倆圍了個結結實實，動彈不得。

費盡力氣才靠著牆作戰，但想挪到牆角那是絕無可能。可人實在太多了，真能摸到他們倆的，也就幾個，沒辦法組織有效攻擊，傷害在光環照耀下只算撓癢癢。奈何寸步難行，只能瞧著幾步路外的靈魂熔爐興嘆。

「我損血了。」風胥看這群高喊「爆神器爆神器」的無賴小強，乾脆把十六把匕首收起來，省點精神力。在打Boss的高漲熱情下，他這殺人狂刺客不得不表示佩服，殺八個擠進十八個，他也會手痠的。

「你看我能施法嗎？」灰燼心情很不好。雖然有風胥的強力掩護，但架不住人多啊！為了不讓她施法，遠程職業雖然在人海戰術中瞄不準（太擠了，誰也沒能邊跑邊施法），但擠在灰燼旁邊的，都設法拉一下她的胳臂、推她一下，離得遠些的設法扔東西過來，總之就是不讓她安生的施法。

「反正也損不到十分之一，你行的。」灰燼漫應，異常暴力的掄起聖經一頓猛砸，砸幾下就有個人化作白光魂歸熔爐……然後又跑出來。

「這樣不是辦法。」風胥悶了，「改天再來？」

「能改天嗎？」灰燼臉一垮，「冥殿傳送還沒冷卻，傳送地下溶洞要十二秒施法……你看我有十二秒的靜止施法時間嗎？」

風胥默然。剛剛趕路的時候就不該貪省事，傳送回冥殿才往天下制霸來。不過冥殿傳送也要三秒，被玩家構成的浪潮推來推去，連三秒靜止都沒有。

「冥殿傳送應該瞬發，」風胥抱怨，「而且冷卻時間兩個小時實在太不合理。」

「頭兒說，死兩萬次可以解瞬發傳送。」灰燼幽幽的說，「可我還差九千多次。」

「……生命誠可貴，裝備價更高。」

灰燼悲淚了。她這身裝備果然是昂貴到不行，還有幾個能夠用經驗值養的成長型神器，都艱辛無比的養這麼大了……但這樣磨下去，噴裝備只是時間問題。她還是得下線的，畢竟她還要上班。

「給我一秒的靜止施法時間。」

「現在？」

「等我說。」

作為一個看著小抄補血的悲情補師，雖然說她拋棄小抄已久，但她也頗畸形的有了自己的路數。跟鍵盤滑鼠的老式網遊時代，那種不會快速鍵，純粹滑鼠點技能的某種高手相同，一樣走位風騷，成就卓越。

她的絕學大淨化術需要繪製符文陣，咒文漫長，字句艱深得令人咬牙切齒。必須要做到精準定位才能造成最大殺傷力。幸好啟動句簡單，不然她真的會毅然拋棄這個殺敵一百，自損一百五的廢招。

但如果不追求最大殺傷力呢？這時候，小抄就很重要了。

只見小抄技能熟練到999的灰燼單手攤開聖經，一翻就是大淨化術的符文陣圖解和咒文，完全無須翻閱。心念之間就把符文陣很直觀的佈在身邊，瞥一眼咒文就算念完了。

「現在。」

風胥雖然疑惑，他還是盡力爭取了一秒。施展了泯然眾人，然後技能分享。雖然說立刻被高精神的變態法系識破，但的確爭取了短暫的靜止施法時間。

「神說……」風胥面孔一寒，內心大罵不已，趕緊把眼睛閉起來。

「要有光，所以有光！」

這種小抄式的大淨化術，殺傷範圍很小，外圍甚至還有倖存者，雖然只剩下血皮。但副作用是相同的，灰燼的HP，很可憐的只有1，MP是乾脆的沒有了。

但她範圍五米內的人都化成白光而去，整個大廳的人（含重生點），摀著眼睛淚流蹲身，眼前滿是金星和閃電，引起強烈的暈眩和頭疼，舉步維艱。

唯二能好好站著的，只有戴著墨鏡的灰燼，和臉孔颳著大雪山的風胥。灰燼同情的看了風胥一眼……感慨男人就是愛撐，明明光盲並且劇烈頭痛，還是硬要擺出高手的模樣。

為什麼她知道呢？因為她戴著防光係數最高，由全冥道第一軍火專家黯淡親手打造的墨鏡，還覺得眼前都是金條，要抓沒半條。以為閉著眼睛就能躲過？太天真了。

會在這麼危急的時候施展小抄版大淨化術，要的不是殺傷效果，而是群體致盲。

她伸手到風胥的包包裡，掏出所有的定時炸彈隨便的一拋，然後扯著風胥悠閒的唱了十二秒的法，傳送回地下溶洞，默默的充當導盲犬的角色……風胥這麼一瞎，沒兩個鐘頭是看不見的。

至於天下制霸？想來那幾個威力十足的定時炸彈不但能完整的爆破靈魂熔爐，還能完美的製造團滅（還是會滅？）。但大淨化術名列十大最令人討厭的絕學，還在沉默術之上不是沒有道理的。

因為想要死亡清洗光芒效果，那就真的太妄想啊太妄想。裸視直面大淨化術，非瞎足六個小時不可，一分一秒都不能打商量的。

可惜這絕學一個禮拜才能用一次。她跟冥道主商量能不能縮短冷卻時間，冥道主要她先死個五萬次才能考慮給她接任務。

「……我的血不到一半了。」風胥冰冷的說，頭一回對灰燼湧起強烈的殺意。不是衝動，單純的很想滅了她。可惜他現在瞎得很徹底，腦袋裡晃晃晃的嗡鳴，只能緊緊抓住龍角，騰不出手執行抹人脖子這麼有意義的活動。

大淨化術不分敵我啊！他就這麼站在大淨化術的最中央！

「放心，你神聖屬性夠高，不會死的。」灰燼安慰他，一手抓著風胥的腰帶，一手抓著麵包猛啃。「萬一死了，裝備我也會還你的。」

風胥的殺意又提高了好幾層，提升到碎屍萬段的程度。

最終消除風胥殺意的，是灰燼那麼自然而然的，拉了他的手搭在肩膀上，很認真、很盡責的路況報導。

……好吧。反正早就知道她就個小白鴿。跟新手有什麼氣好生的……

眼前景物雖然模糊，但已經能分辨了。但他還是默默的搭著灰燼瘦削的肩膀，有些淒涼的想，灰燼這就是他和現實世界的唯一聯繫了，脆弱的像根蜘蛛絲，不知道什麼時候會斷裂……

但還沒踏入冥殿大門，就聽到吵雜的聲音，還夾雜著怒吼。可這怒吼，卻不是冥道主的聲音。

這太奇怪了。

要知道，雖然侍從們大半腦袋有黑洞，但也沒膽子主動高聲。冥道主的淫威……神威實在太強大，面對他不由自主的就會低聲下氣。

還看不太清楚的風胥皺了眉，「不好。我說呢，怎麼那兩個公會這樣簡單……」

「什麼？」灰燼還是糊裡糊塗。只是風胥搶位先進冥殿，怕他瞎摔的灰燼趕緊追進去……然後發出一聲尖叫，摀住眼睛。

聖喬治赤條條無牽掛的站在那裡，滿臉悲憤莫名。

更逍遙緊張兮兮的阻止娃娃，因為她好奇的看著一絲不掛的聖喬治，試圖用鐮刀尖碰觸她沒有的某個部位……幸好黯淡拉住她。

「頭兒呢？」風胥問。

更逍遙嘆氣，「……吸血鬼說，頭兒去下棋了。雖然留了手機，但留話沒事不要打擾他。」

風胥瞪著不應該出現在地獄之歌的手機，沉重的跟著嘆氣。

聖喬治在打一個區域Boss的時候被圍獵了。理論上來說，被玩家堆屍硬推，不該出現在這能補能打的鐵皮罐頭身上，但若加上臨死反撲的區域Boss就不一樣了。

但就算被玩家推倒，他也不應該爆得這樣壯觀……事實上是，他又挨了十面盾砸臉，十來根悶棍的伺候，這還不是最慘的……更慘的是，他被控場時，盜賊圍著他猛偷。而區域Boss的仇恨都在他身上，讓這些玩家輕鬆的控場和偷竊，身上的裝備幾乎都被偷光，才導致連內褲都爆掉了。

聖喬治悲憤怒吼著不可能，因為他偶爾掙脫控場時，居然秒不掉坦住他的主坦，甚至飛錘都沒能打死補師。恍恍惚惚、反反覆覆的說個不停。

最後更逍遙哄著勸著，才把他拉去換一身衣服。破天荒的，這個徹底不團結的團體，聚在一起開了個小會交流。但沒能商量出什麼。他們就是那種非主動NPC，不能主動攻擊玩家，想報仇也沒門兒。

最糟糕的是，這些玩家有組織有紀律，不斷的在進步。

每個人的心情都很沉重，該死的是，關鍵時刻，冥道主就能跑得無影無蹤。

更逍遙硬著頭皮打手機給冥道主，結果挨了一道差點把他電死的雷，冥道主淡淡的說，「別撒嬌。」就掛了手機。

「……失策了。」吐出一口青煙的更逍遙奄奄一息，「我穿了火防……上回明明是地獄火……」

風胥默然無語，跟著灰燼到祈禱室禱告。之後他嘆了口氣，「有了聖喬治那一身，得到第二套就容易了。」

灰燼張了張嘴，還是頹然。他們和普通玩家最大的不同就是，他們的神器都是可用經驗值成長的，該死的還沒有等級或屬性需求……要不怎麼叫神器呢？灰燼還是等級最低的，剛好一百零三，但她苦心培養的神器也跟她同等。

聖喬治的裝備和神器若落到物理攻擊系玩家的手裡……的確不用再拚運氣了，要打倒他們這些侍從，裝備加上人海戰術，誰也沒輒。

結果他們的壞預感真的實現了。第二天，娃娃和黯淡狼狽的從靈魂熔爐出來，明顯是掛回來的。

冷靜下來的聖喬治破天荒的開口，「盾牌砸臉，悶棍砸後腦勺？」

娃娃低吼了一聲，鼻間獰出怒紋，黯淡點了點頭。

氣氛很沉重。所有的人都趕來，可不知道怎麼開口。那些該死的盜賊可不會因為女性而手下留情，照這猥瑣淫穢的風氣來說……只會更上下其手。

「……就當被狗咬了一口……呃，好幾口……」灰燼小心翼翼的說。

黯淡居然笑了一下，雖然陰沉。掏出了一個徽章……這是一次性道具，可以解除所有控場技能。但材料很珍貴，冥道主發布任務跟她收徽章，吸血鬼轉手就賣了個天價坑其他的倒楣鬼。

但是解了又如何？那麼多人圍著控場。

她淡淡的說，「炸彈，都沒了。」

「……同歸於盡？」更逍遙追問。

黯淡微笑著點點頭，「什麼都沒給他們。」

黯淡和娃娃都參與「虛擬實境治療計畫」，但病情各有不同。

娃娃是兒童精神分裂，有強烈的攻擊傾向，後來又不明原因的昏睡，清醒的時間很少。黯淡則是一種罕見的精神疾病，後腦炎症（睡人），讓原本研發武器的女工程師，被清醒的困在肉體癱瘓的囚牢中。

她們雖然都是人際關係無能的神經病，卻是暴烈堅決的神經病。所以對應的手段也是非常狂燥的同歸於盡。

但這讓其他人的心底更憤怒、悲傷，因此湧起狂暴的殺氣。

「這幾天休息吧。」更逍遙反而是當中最冷靜的人，「有什麼事情，等頭兒回來再說。都散了、都散了。沒事幹去練練生產技能……」

其實，更逍遙的思路是冷靜的、正確的。但風胥並不是個冷靜而正確的人。記得嗎？他是個殺人魔預備役。比起其他人，雖然不親近，可是黯淡和娃娃還是「自己人」。

他相信陽關等三大公會跟圍獵一定脫不了關係，他決定柿子照軟的捏。天下制霸沒得到好處，口風應該會比較鬆。

什麼？不肯說？那就砍人吧。砍到他們肯說為止。

只是，他在暗門轉來轉去，沒解過任務的他，也只能對著地下溶洞入口望門興嘆。

灰燼悶悶的踱過來，「送死不揪的喔？」

「送死還揪團？」

「我死習慣了……」她嘆氣，「累積一點死亡次數也好……反正我換了一身垃圾。說不定累積個幾百次還有任務能接。」

「……」

一路上，灰燼的情緒明顯很低落。

雖然說，地獄之歌死了就死了，沒什麼損失，但誰也不喜歡死亡的滋味。不說痛感可以關到最低的全息遊戲，完全無痛感的古老網遊，誰死了不會沮喪兼勃然大怒，那更沒損失不是？

她死過萬餘次深知當中有多辛苦，主動去送死情緒當然不會太高。

「妳不用動手，能補血就補，補不到也沒什麼，看情形不對，我掩護妳傳送……冥殿傳送沒冷卻吧？」風胥試著鼓舞她。

「我穿這樣，打不痛也補不了什麼。」她看著穿著華麗的風胥，深深的自我檢討。人家去找整個公會PK，多有覺悟。怎麼攻擊高怎麼穿，視裝備如無物。「先回去換衣服好了。」

「不用。妳我賺錢不是同個水準。」風胥淡淡的說。

灰燼當場淚奔。

本來他們的計畫很粗暴直接：直接到天下制霸城外瞎晃，引誘會眾主動PK他們才能反擊。只要逮到一個就火速撤退，抓到地下溶洞好好的拷問。拷死了再上去抓一個。

「不要弄得太血腥。」灰燼叮嚀。

「我盡量。」風胥的信心卻不太足。

但是天下制霸的反應卻讓他們張目結舌。城外的會眾遠遠的看到他們，發一聲喊……頓做鳥獸散，沒命的往公會城逃逸。他們冒險去追，結果人人爐石，明明公會城就在眼前。

等他們覺悟到自己的錯誤，往公會城城門口跑去，人家連吊橋都收起來，城門緊閉，連NPC警衛都沒放出來。

「……現在是什麼情形？」灰燼傻了。

「不知道……是陷阱？」風胥也摸不著頭緒。

狀況太離奇詭異，他們都沒反應過來，結果一個也沒抓到。面面相覷，齊齊束手無策。

「要不……守株待兔？」灰燼不太有把握的說，「說不定有不知情的會路過。」

「好像也只能這樣。」風胥搔搔頭，挑了一棵最接近城門口的半枯白楊坐下來等，很忠實的呈現了成語的意境。

等著等著，城垛有半個腦袋探出來，灰燼高興的指過去，「有人……」那腦袋火速的又縮回去。

等待是漫長的、煩悶的。風胥悶悶的從背包拉出半人高的兔寶寶，側身躺在兔寶寶的肚子上。看灰燼瞪大眼睛，他解釋，「降低他們的戒心……我瞇一會兒，有人叫我。」就很安心的閉上眼睛，他午睡的時間到了。

灰燼緊張起來，四下張望。但隨著時間過去，她的緊張也漸漸鬆弛。漸漸無聊起來，心不在焉的翻著個人日誌。

清風吹拂，半枯白楊沙沙作響，是難得的好天氣。深紫的天空舒卷著薄紗似的雲，白袍少女翻著書，身邊的瘦削少年枕著兔寶寶，睡得那麼溫柔安詳。很靜謐的氣氛。

但是城裡瑟瑟發抖的天下制霸會眾，一點都感受不到靜謐，欲哭無淚的看著兩大Boss堵了城門，祈禱他們快些離去。

實在是灰燼的大淨化術把他們嚇破膽了。瞎了六個小時啊！整整六個小時。徹底cosplay盲人生涯，下線不能避免，死亡不能消除。對一個正常人來說，突然失去視力是非常可怕的事情，讓這些自誇豪勇的猛人膽落，害怕墮落聖徒再來給他們一下子，再抓瞎真的要崩潰了。

灰燼正在看個人日誌的小提示彙總，非常津津有味。又翻閱了幾頁，她輕輕咦了一聲，這個時候，更逍遙密語她了，「在哪呢？」語氣很焦急。

她對這個動畫漫畫電動三重瘋的懶洋洋大叔還滿有好感的。是因為他的兄弟聖喬治有嚴重的仇女情結，他才不太搭理其他女生。但大叔其實挺好心，暗暗的幫過她幾回，沒讓仇女嚴重的聖喬治知道而已。

大叔自言，他所有的愛情已經給了初音未來[30]。沒想到大叔的女朋友是日本人。灰燼默默的想。她這小白鴿還不知道「初音未來」是個長青虛擬偶像。

「在天下制霸的城門口。」她坦白。

「找死是呢?!」大叔怒了。

「……想找來著，可人家把吊橋收起來了。」灰燼有些沮喪。

在大叔關心的盤問下，灰燼把跟天下制霸交手的過程說了，讓大叔好一陣沉

30：初音未來，是CRYPTON FUTURE MEDIA以Yamaha的VOCALOID 2語音合成引擎為基礎開發販售的虛擬女性歌手軟件角色主唱系列的第一作、VSTi規格的電子樂器；或此軟件的印象角色（這只是軟件的象徵，不會在實際使用時出現）。——引用自維基百科。

默。

「坦白說，我若是天下制霸，哪能只收吊橋，直接鎖城了。」大叔抹汗。這小女生不顯山不顯水，居然有這麼可怕的全體致盲，直接當上六小時的瞎子，誰能受得了。

「可冷卻期很長啊。」灰燼不解了，「一個禮拜才能用一次呢。他們怕什麼？」

「……可他們不知道要這麼長啊。」大叔無奈了，「算了。還是快回來吧。萬一他們想拚命怎麼辦？哎，真被動。只能等著挨打……」

「其實我們可以打他們。」灰燼很認真的說。

「啥？」

「公會戰呀。」

更逍遙翻了白眼，「小姐，我們是能入公會嗎？」

「不能。」灰燼搖頭，「可我們已經有公會了，當然不能再入。」

新手就是這樣，小白得很。更逍遙按捺住性子，「咱們是半NPC，冥道主侍從……」

「職稱是這個沒錯。但我們的公會就是冥殿……個人日誌的公會篇是這樣寫的。唔，看說明有公會戰選項……」

更逍遙瞪大了眼睛，匆匆抽出自己的個人日誌。果然，公會篇裡頭，公會名是冥殿，公會隸屬領土，居然是罪惡之城。他的職稱，和灰燼相同，都是冥道主侍從。

「我看到公會戰選項了。」他的聲音有點發抖，然後大怒，「靠！權限不夠！不能發動公會戰！」

「那當然啦。」灰燼有些莫名其妙，「小提示說，公會會長才能發動公會戰。」

更逍遙沉默了很久，再開口時，聲音微微發抖，「你們趕緊回來，咱們有機會把場子找回來了。」

*　*　*

更逍遙看著陸續趕來的同僚，非常激動。

這些既不團結也不靠譜，精神明顯都有些問題的傢伙，同事兩年多來，他頭回有強烈的認同感。果然外患是凝聚內部最大的動力！連神經病都可以團結在一起，他感動得嘴脣都有點哆嗦。

灰燼小心翼翼的看著他，「大叔……你、你沒有心臟血管的毛病吧？需要幫你叫救護車嗎？」

「靠！」更逍遙大罵了。

於是他們頭回認真的團結大會，終於用比較符合的方式開始了。畢竟熱血沸騰對這些精神上都有些故障的同事來說，遠不如強勁有力的「靠」。所有的人都露出安心的表情，專注的開始開會了。

在顛三倒四、邏輯混亂的討論中，娃娃的語言都得經過黯淡簡潔的翻譯──她基本是低吼，不講話的──和聖喬治時不時要狂呼幾段啟示錄和阿門，灰燼異想天開的小白問題……唯一比較有條理的風胥，卻用要害偵測令所有人發毛。

在離題八百里遠又兜回來，邏輯理解能力極度強悍的更逍遙，居然能夠堅強整理出重點，沒有被離題小白閒聊和低吼干擾，讓同僚們都刮目相看。

當然，更逍遙能做到這樣的成就，語言間必須要許許多多的「靠」來平衡情緒，同僚們很體諒的無視了。

「為什麼要說靠？靠是什麼意思？」灰燼轉頭小聲的問。

「解釋妳也聽不懂。專心開會。」風胥四兩撥千斤的閃躲這個他也不懂的問題，技巧非常嫻熟。

灰燼被呼嚨得很自然，轉回去仔細聆聽，低頭不斷的筆記。

匯集所有的資訊（真是一場堅苦卓絕的長途跋涉），他們發現了冥道有些異變。

首先就是，王畿內的靈魂熔爐被偷天換日，主要是換成尸之君王的靈魂熔爐。這是對冥道主勢力的嚴重削弱。因為用尸之君王的靈魂熔爐吸收重生的亡靈，會重生在尸之君王麾下（指NPC方），玩家則會有一定機率改變陣營。

冥道中所有的NPC數量都是恆定的，這種挖牆腳的行為卑劣卻非常有效。而玩家是一種毫無節操可言的生物，有任務就是娘了。照種種跡象看來，君主們已經私下發任務給玩家，三大公會應該已經淪陷……他們主城的靈魂熔爐都是尸之君王的。

唯一不能明白的是，這應該是偷偷摸摸進行的事情，為什麼叛變玩家要這麼高調的針對侍從們圍獵，三大公會是主導者，還是背後還有隱藏Boss。

「這跟找回場子有什麼關係？」灰燼摸不著頭緒。

更逍遙鄙夷，聖喬治鄙夷，黯淡同情的看著她，娃娃學黯淡的表情。

風胥畢竟比較善良（？），「師出有名，懂不？趁機可以抓到好多人來拷問。」

「他們公會寶庫一定很肥。」打寶狂聖喬治補充，「而且我們是正義之師，討伐叛逆，伸張上帝的旨意……」

「總要有個理由，打起來理直氣壯吧？對象是誰不重要，重要的是，震懾一把，讓其他蠢貨想伸爪子的時候多掂量掂量……不然天天被人設計，日子怎麼過？」更逍遙耐著性子解釋。

黯淡保持她簡潔有力的語言風格，「推樓上[31]。」

「……」灰燼瞬間啞口。

更逍遙看萬眾齊心（也就六個……），非常凝重的說，「只有一個問題。」他深深吸了口氣，「誰打手機給咱們的會長……冥道主？」

所有的人都沉默了。這是個九死一生的活兒，比單挑三大公會還兇險。

最後用了很公平的方法……所有人擲骰。更逍遙人品爆發，擲了個一百點……但他卻哭了。因為擲骰最高的烈士得用要命的手機打給要命的頭兒。

他沉重的拿起手機，沉重的撥號，諂笑著問候冥道主，「頭兒……您現在有空嗎？今天天氣真好哈哈哈……」

「掐頭去尾。」冥道主完全不買帳。

大汗不止的更逍遙拿了灰燼的筆記本（她記得最詳細），開始冗長詳盡的報告最近的異狀和需要應對的情形，冥道主打斷他，「說重點。」

手機開始發出霜冷的寒意了。

31：網路用語。使用者因視一排排由上而下條列式順序發言為「樓層」，而產生的觀念。推，引申自BBS的推噓功能按鈕，推代表贊同，噓含意則相反，可讓使用者簡單表達對某段發言或評論的觀點。推樓上在此即為一般所說的「同上述」或「同前述」。

怎麼是冰系?!更逍遙內心悲呼，太賴皮了，這次他穿土防啊！上上上次不是用過冰系了？太不講道理了。

「我們要跟三大公會發起公會戰！」更逍遙快速的說，希望能快過法術發動。

「你葉問？」冥道主鄙夷，「飯要一口一口吃，想一步到位？」

「頭兒，你不要拒絕啊！」更逍遙看著寒氣越盛的手機，心裡無比悲痛。這個骰子一定有問題，骰裝的時候沒超過三十，怎麼倒楣差事就一口氣滿點……「您聽我解釋……」

「就陽關吧。」冥道主淡淡的說，「戰。」然後他掛掉手機了。

「頭兒！頭兒！你不要說不啊……欸？」更逍遙握著手機，寒氣已然消失。

這個時候系統公告，冥殿公會對陽關公會發起公會戰，有四十八小時的備戰時間。

「這麼快？」灰燼意外了。

「我先下線了。」更逍遙萎靡，「滿天神佛保佑，這次沒挨揍……」被這麼一嚇，他精神上很虛弱。他家裡就是宮廟，拜拜起來非常方便，他決定做個醮，謝天謝地一番。

黯淡鑽進她的軍火研究室，娃娃去鐵匠鋪添料重打死神鐮刀。聖喬治跑回自己的寶庫挑挑揀揀，一面哀悼他養得死去活來的各路神器。

只剩下灰燼和風胥留在冥殿。

「我以為……被挖牆腳，頭兒會很生氣，親自出手呢。」灰燼感嘆。

「妳昨天才認識頭兒？」風胥打量著她的頸動脈，「他就喜歡看大家團團轉，不分敵我的。」

「……」她很想說性格惡劣，卻怕無所不知的冥道主正好盯著她，抓了個現行。

這是白色恐怖啊。灰燼很感慨。難怪各族君王領主會致力發展魔法隱蔽相關技能，並且一心一意的欲推翻暴政……連她都有點想了。

＊　＊　＊

地獄之歌的公會戰，是一種封建式的「征服之戰」。

最主要的不是毀滅對方，而是要打出個勝負，輸的要割地賠款。一般都是把對方的主廳清空，破壞靈魂熔爐，固守到時間到，那就贏了。公會戰的時間是十二小時。

除非有深仇大恨，不然沒人會去破壞主廳的核心水晶。一旦破壞，公會就自動解散，對方固然損失慘重，但贏的一方就沒人支付賠款和領地了。

當公會戰開始時，兩方主城都會進入一個奇妙的副本狀態，被縮地術抓在同張地圖，方便雙方攻打。不然冥道那麼大，天南地北的公會要打仗，光行軍可不只四十八小時。畢竟不是誰都有勇氣或技術（？）死上一萬次，完成地下溶洞的任務。

雖然「冥殿」公會藉藉無名，但陽關公會還是小心謹慎的蒐集資料，只是誰也不認識這啥勞子的冥殿公會。

「打知名度的吧？小公會應該。」陽關的會長下了結論。

這也不算罕見。有些小公會用系統公告上個名氣，以後招人也容易些。但陽關公會的底子是啥？道上兄弟！怎麼能夠當人墊腳石？所以會長也很豪邁的決定滅了這個不知死活搞不清楚狀況的小公會。

理想很美好，但現實往往是殘酷的。

當陽關的突擊隊殺到對方主城時，傻眼了。困難無比的在戰時頻道開口，語氣非常苦澀，「應該是……我想是……冥殿沒錯。」

「你在說什麼？」會長大人不悅了，什麼沒頭沒腦的。

「……冥宮，是冥宮！」突擊隊長哀號，「罪惡之城的冥宮啊！有冥道主那一個……」

「胡說八道什麼?!」他大怒。

但是他的軍師團迅速運作，詢問了在罪惡之城的朋友，個個慘無人色。

冥宮進入戰爭狀態！

「媽的怎麼可能?!」會長不敢相信，還是下令突襲。

公會戰時要先打破對方大門，但是數字讓突襲隊長非常絕望。大門的血條高達一億，不管法術攻擊、物理攻擊，幾乎都是miss，最讓人悲淚的是，大門居然會招架閃躲！

「靠北！一個破門會招架閃躲！」突襲隊全體悲憤了。隊長咆哮，「我就不信了！攻城大砲呢？推過來！給我轟！我看這破門怎麼閃砲彈！」

攻城大砲不同凡響，華麗出場首建奇功，暴擊！

冥宮大門大大的飄出一個「-1」。

更讓他們崩潰的是，一個文弱的吸血鬼穿門而出，口裡嘖嘖不已，「砸門呢。你們賠得起嗎？」搖頭著撥算盤，「這損失賠償起來是個天文數字啊……」

抓狂的突襲隊長怒吼，「給我打！」無數燦爛法術弓矢劍戟全數招呼了過去……

滅團。

在隊長化成白光之前，隱約聽到吸血鬼和藹可親的說，「忘了說，因為我是斯文人，不喜歡打打殺殺。所以我物理反彈５００％，法術反彈１０００％。孩子，以後要戒急用忍……」

至於侍從們在更逍遙大叔的領導下，謹慎的蹲在陽關公會城附近的小山丘觀察。

「大門的血條大約五百萬。」風胥使用過鑑定術後說。

「要打一會兒呢。」灰燼說。

「他們出來防守了。」更逍遙大叔指揮著飛劍，充當間諜衛星。

「我來。」黯淡從背包裡扛出一把跟她差不多高的……火箭筒。所有的人都好奇的看她擺弄。雖然受到冥道主無情的打壓，核子原子相關科技得不到適當發展，但黯淡總是能別出心裁。

一道絢麗的火光呈現拋物線，無視防禦更無視大門血條，慢悠悠的打進公會城的最中央，持續著雪白的光芒，卻沒有動靜。

「……未爆彈？」更逍遙有點失望。

可黯淡卻舉手示意他們不要動，而且非常俐落的抓著娃娃滾進預先挖好的壕溝。這些人可能精神上有些故障，但又不傻，當然爭先恐後的跳進壕溝。

因為在壕溝中，所以沒有看到引爆的那朵蕈狀雲，只是被砂石打得挺疼的。等那波砂石雨過去，他們探頭出來……什麼都沒有。

那個宛如中正紀念堂那麼大的公會城，完整的消失，只剩一片白地。

眾人皆茫然，黯淡難得的多話，「啊，果然不該作弊。魔法能量太不穩定了……核子彈頭好些，範圍也比較大。」

眾人非常一致的沉默了。

「這個，還打嗎？」灰燼小心翼翼的問，撓著頭看個人日誌的公會戰篇，「可我們要守哪呢……」

這是所有人心中的共同疑問。

但系統慈悲的解決了他們的困惑……

地獄之歌迎來了難得的停機維修，所有人強制下線了。

但他們六個卻沒有那麼好的運氣跟著下線。白光一閃，他們齊齊被抓進冥殿，讓氣場強大、威勢凌厲的冥道主盯了將近一分鐘，一言不發。

所有的人都把頭低下去，一副痛改前非的浪子回頭狀，包括最狂妄的聖喬治和最桀驁的風胥。只有娃娃滿眼疑惑的抬頭看冥道主，黯淡慢慢的將她的頭壓下去，她也乖乖的低頭數地毯上的花紋。

這是可怕的一分鐘，充滿窒息和無言恐怖的一分鐘。

好不容易，冥道主開口了，「你們的腦袋都是基因豬改良的，而且改良失敗，對吧？」

瞧瞧，這犀利的挖苦。太高明了，一個髒字也沒帶，卻造成巨大心理傷害。要不人家怎麼會是冥道主呢？而他們六個只能苦命的當侍從呢？

「我不該作弊。」黯淡勇於認錯，「數據有誤。」

「妳當我今天才認識妳？」冥道主往茶几一拍，立刻悲劇了……連渣都沒有。那玩意兒據說是全冥道最堅固的魔鑽打造的。不但貴得讓人眼珠子掉出來，而且非常堅韌，物防魔防雙高，參上一點粉末就能讓鎧甲上升兩階。

結果人家玩兒似的一拍就完蛋大吉。

「我說你們呢！可不是只說那個炸彈狂！」冥道主終於發飆了，「你們去找回場子是吧？有人這麼無痛找場子的嗎？別說那個炸彈狂了，你們哪個不是打算地圖武器大絕開完就拉倒？蠢貨！秒死會有痛感嗎？會恐懼嗎？好吧，這是肉體上的傷害……轟成白地誰割地賠款？這才是精神上最大的傷害！連找回場子都不會我說你們能做什麼……出去不要說是我的人！忒丟臉！連折磨人都不會當什麼我的侍從……」

六個人恍然大悟。頭兒是氣咱們沒讓那群雜碎享受一下肉體和精神雙重重大傷殘的待遇啊！

更逍遙舌燦蓮花的保證一定不墜冥道主的威名，口沫橫飛直比唐僧。他就這毛病，一旦啟動阿諛奉承系統就停不下來，冥道主呵斥了兩次無果，直接劈了三雷引發焦黑麻痺效果，才終於得到耳根清靜。

「……太賴皮了。」更逍遙在組隊頻道悲傷的說，「這次我穿冰防，怎麼劈雷呢……」

眾人皆默。聽說蜀山劍俠這職業非常東方玄幻，還有個鬼谷神算的技能。奇怪的是，他就沒一次算準……

不過被揍久了，也揍出一點抗性。他人是麻痺焦黑的躺在殿上，但還能在組隊頻道說話，語氣還挺樂的，「嘿！這三雷讓我雷抗性增加十點欸！兄弟姊妹上！沒事讓頭兒揍一揍，有益身心健康……」

眾皆斜眼，他的兄弟聖喬治覷著冥道主沒瞧見，朝更逍遙比了個強而有力的中指。

不過相較這六個人的見怪不怪，匆匆趕來的ＧＭ們眼淚汪汪，貼著牆站，怕心情不太美麗的冥道主也賞他們幾雷嚐嚐。

這幾雷沒震懾住這六個頑劣份子，倒是把ＧＭ們震懾得夠嗆。雖然說ＧＭ們個個等級都很恐怖，四百級ＧＭ神裝。但是等級高、裝備猛不代表膽子大。

「來了？」冥道主很冷的說。

ＧＭ那個悲傷真是……人人都知道，眼前是個ＮＰＣ，但誰也沒那膽子上去撇嘴說，「ＮＰＣ裝什麼裝」之類的。

之前他們ＧＭ部的空降主管當著冥道主的面說過一次。可憐見的，被凌遲完心臟還在跳，意識非常清楚的慘嚎。

後來那主管想盡辦法要抹殺冥道主，系統大神告訴他無可能，除非關閉地獄之歌。他靠山再強大，也沒強大到讓華雪宰了這隻鑽石雞。反而讓冥道主捏了個小錯，告訴系統大神該主管利用bug，開除了事，淒慘落魄的被掃地出門。

這是個惡勢力，絕對的惡勢力！

冥道主卻沒讓他們太難堪，冰冷著麗顏點點頭，領著他們進去議事廳，沒在部屬的面前讓GM難堪。讓GM們沒有起義推翻暴政，就是冥道主大部分的時候都是明理的……只要有禮貌、尊重，合情合理，不違反規則，他就會配合。

議事廳大門一關起來，原本低頭懺悔的六個頑劣份子活潑的跳起來，將耳朵貼在門板上，錯落有致。

這也算是一種人的劣根性。被氣場強大的頭兒虐久了，看別人被虐挺解氣的。而且對象又是GM……玩家和GM是天生死敵，那更是痛快得不得了。

無疑的，灰燼被帶得很壞，完全實現了近墨者黑的例子。她瞧見吸血鬼管家站在一旁，讓出一點位置向他招手。別說他們這些侍從有這不良嗜好，人家總管也有。

但這回吸血鬼總管可做足了準備，笑著搖搖頭，手一翻，托盤上有著英式茶壺和紅茶杯若干，光明正大的敲門進去了，比誰都第一手。

「太老奸了！」更逍遙在組隊頻道感慨，眾人紛紛附和，連言語簡潔的黯淡都開口了，「中肯推。」

不過這次冥道主有點不厚道，居然加了聲音隱蔽。照他們的等級豎尖耳朵只能聽到冥道主偶爾的高聲，和GM的懇求，但說些什麼就不清楚了。

但有個流程很清楚……GM們一起哭了。

「老套。」更逍遙咕噥，「GM之崩潰哭。」

「老套歸老套，」灰燼感慨，「但每次GM出這招，頭兒就心軟了……其實頭兒也有溫柔的一面。」

所有的人驚懼的看著她，連娃娃都沒例外。風胥擦擦鼻子，眼觀鼻鼻觀心。

「難道你們不覺得？」灰燼驚愕了。

眾人一起搖頭，更逍遙差點把頭搖掉了。風胥不忍心，小聲的說，「我想不是頭兒溫柔……應該是覺得煩。」

「我要被一群男人圍著哭，我也什麼都答應了。媽的，想到就起雞皮疙瘩……」更逍遙縮了縮脖子。

還別說，劉備都能哭出三國鼎立，一群GM噁心一下冥道主也不是難事。最後冥道主臉黑黑的把GM們送出來，心底非常不痛快。

可以的話，他想用最有創意、時間最長的方法讓他們了解死亡和痛苦的深度。

但自從他凌虐過那個GM主管後，系統大神破格拿掉了GM們的痛感。視覺上當然還能起震懾和恐怖的效果，但是缺少了肉體的痛苦，就沒什麼意思。

為了這個，他沒少跟系統大神嘔氣。

但是沒有痛覺的GM們神情也很萎靡，壓力巨大到讓他們懷疑，是不是值得為了高薪承受這種精神上的傷害和威壓。

GM們落荒而逃後，冥道主面無表情的睥睨著灰燼，讓她毛骨悚然。但小白鴿就是小白鴿，這種難以承受的精神壓力下，她還走神的想，美人就是美人，用鼻孔看人也這樣好看。

「妳，」冥道主冰冷的說，「七點準時上線。」

「……七點？七點我睡不著啊吾王……」

「遲到的話，斷意果從此斷貨。」

毒蟲灰燼灰溜溜的應了聲是，「可是，這麼早上要做什麼？」

「當然是把陽關再狠狠揍一次。」冥道主氣勢萬鈞的怒吼，「讓他們了解痛楚和恐懼的真正涵義！我讓他們告狀……我看他們怎麼告黑狀！」

冥道主把灰燼挑出來講，當然不是要她去單挑陽關。而是這六個不大靠譜的直屬部屬，只有她照著正常人作息……

幾乎鬧翻過去的地獄之歌論壇，官方鄭重的出來解釋，陽關公會戰出現了不可預期的bug，屬於天災的怪物攻城誤植為公會戰，錯誤出動了冥殿勢力，所以緊急維修了。並且慎重道歉，承諾資料回溯到公會戰之前，並且賠償了該公會若干守城符文陣和箭塔。此外，還承諾第二天晚上七點必定準時開機。

這次的危機應對既快且速，華雪不但沒受到什麼影響，反而讓玩家對地獄之歌更有信心。

陽關公會會長忐忑的等到七點上線，檢查了一圈，很是滿意。沒有任何損失，反而撈到了不少好處。將來和其他公會對抗，那可是處於絕對的優勢啊！誰家能有這麼猛的守城符文陣和六座箭塔？公會城簡直可以說是銅牆鐵壁了……

可他高興沒一會兒，公會城響起尖銳的警報。

天災降臨，怪物攻城了。

堅苦卓絕的冥道，需要靠小團體緊密結合求生存，所以領著若干村落控制權的公會出現了，互相爭奪資源和領土的公會戰也隨之應運而生。

但除了人禍（公會戰），還有天災。

雖然說地獄之歌被宣傳部硬扭向一個十八禁的方向，但是核心的遊戲設計和程式部還是很嚴謹的試圖重現原始設定。所以公會的部分設計得很精緻，「天災」若不是地震豪雨之類的玩家大約搞不定，恐怕早就弄出來了。

最後遺留下來又特別有特色的，就是「怪物攻城」。

陽關會長雖然覺得挺倒楣，此刻的他還老神在在。怪物攻城乍聽很可怕，的確偶爾會有神級Boss屠城……但機率非常非常的低，觸發點更是非常困難——公會裡所有人罪惡值超過一千點。

之前天下制霸剛成立的時候遭遇過一次，後來大家都建城了，吸收了生活技能玩家。那些搞生產的不太可能染上罪惡值……想染也沒那武力。

* * *

所以後來怪物攻城反而成了刷聲望的好時機，任務加上打怪，往往撐住沒城破的公會，實力都會上了一大階。

只是，他很快就知道，這次的「怪物攻城」，沒有那麼簡單。

沒有常見的鋪天蓋地的小怪，滿身是寶的高大頭目。只有五個孤零零的人站在城外，交頭接耳。

「我再說一次啊，」更逍遙凝重了，「所有AE[32]技能，全面禁用。別說我沒提醒……誰用了誰提頭去見頭兒。」

「你這是廢我武功啊！」聖喬治很不滿，「不AE我的dps[33]會很低……」

更逍遙翻白眼，「兄弟，別人不知道，難道我還不知道你的實力？別亂了，咱

32：Area of Effect的縮寫，意指範圍性的攻擊技能。

33：damage per second的縮寫，直譯為每秒所造成的傷害，用來表現玩家攻擊火力的術語。

們誰不會ＡＥ？若一人一片跟地圖武器大絕有什麼兩樣？鋪開來這城就是一片白地，城之不存，寶庫焉附？」

「對喔，寶庫。」聖喬治凜然，「謝了兄弟，還好有你提醒啊。」

灰燼和風胥畢竟厚道，低頭仔細整理補給，但娃娃很不厚道的用眼神無限鄙夷。

「溫柔點，悠著點……」更逍遙繼續囉唆，向來言語簡潔沉默的黯淡都受不了了，「時間寶貴。」

「間隔間隔[34]，呼叫黯淡、呼叫黯淡……」更逍遙一本正經的在組隊頻道呼喚潛藏得很遠的黯淡，她的回答更簡潔有力了……一顆擦過更逍遙耳際的子彈。

這顆強而有力的子彈治療了更逍遙的唐僧狀態，更準確的奔向剛跑出城門撈聲望和經驗值的會眾。可憐是個皮薄餡美的刺客，要害攻擊三倍傷害，一槍飆血，來得快去得更快，一陣白光回城裡的靈魂熔爐報到了。

陽關公會轟動了。

「是冥殿嗎？是嗎？」會長抓著會裡等級最高的盜賊猛問，鑑定了老半天也不講話。

「不是。」盜賊揮汗，「但是只看得出他們等級在一百以上，銀邊精英，其他鑑定不出來。」

銀邊精英！會長的瞳孔放大了，鼻孔也跟著放大了。

以前這種銀邊精英都在鋪天蓋地的小怪潮中，只能乾流口水，別想打得著……清不到那邊啊！現在卻一個小弟也不帶，大搖大擺的在城門口等著他們推。

「把所有人都叫回來！快快快，組織五團把Boss切割開來！先殺補血的！」會長在公會頻道大吼。

但是他不知道，這五個（事實上是六個）「Boss」，正是冥殿勢力冥道主麾下直屬侍從。只是惹惱了冥道主，後果很嚴重。陽關公會幾乎把華雪所有客服專線打爆，污言穢語的告黑狀。

一點都不檢討自己挑戰冥道主權威，膽敢陰他屬下的狂悖！

34：無線電用語，雙方對談時，第三方欲加入時的發語詞，用來請交談雙方暫停。

所以冥道主賜了六個能夠隱藏姓名、組織、容貌的面具，反陰陽關公會一把。

「喂喂？黯淡，」靠著間諜衛星飛劍，更逍遙充當耳目，「他們會長出現了……」

話還沒說完，那個威風凜凜的會長，眉間噴出血泉，前面看只是個彈孔，後腦勺那是模糊一片，在他後面的會眾慘叫連連，幸好很快就化成白光，不然那些目睹慘狀的人得去看心理醫生了。

「收到。」黯淡說。

眾人都安靜了下來。太猛了，這小姐。

但是輸人不輸陣，輸陣就難看面啊！

於是根本不用人分割包圍，不管穿鎧甲皮甲布衣，更逍遙、聖喬治和娃娃，就像三台脫軌的自強號衝進玩家堆裡，開始大砍大殺了。

灰燼抓著聖經，恨不得拋出去扔在他們腦袋上。可惜聖經不是投擲武器。

「靠！」她悲淚了，「你們以為我的施法範圍覆蓋全冥道嗎？為什麼每次都這樣！」

風胥嘆了口氣，很斯文簡潔的抹了偷偷摸過來的刺客脖子。

真是一群傻瓜。真的想要砍砍殺殺，其實灰燼身邊最有機會，高手才會來這兒，打起來才痛快。

這些傢伙……太不懂殺人的藝術和真諦了。他輕輕搖了搖頭。

陽關會長又一次從靈魂熔爐跑向大門口，怒髮衝冠。

第四次，第四次了！

他身為一個大公會的會長，在城門口督戰是義務也是榮耀……但他只短短的榮耀了幾秒鐘……最長十秒，短的一出城門就被秒了。

沒錯，他不是血牛……但好歹他也是僅次血牛的狂鬥士啊！身邊圍滿了坦克、奶媽，但那個不知道在哪的狙擊手還是抬手說秒就秒，真要把他氣昏了。

失去理智的陽關會長，將他最精銳的小隊派出去圍獵那個不長眼的狙擊手。這個時候，他還以為是有仇的公會趁火打劫，派個槍法很好的弓箭手擔任狙擊手，干擾他們吃掉這五個銀邊精英。

因為他從來沒聽說過哪個Boss是使槍的。更沒想到他會跟門口那五個已成圍獵之勢的銀邊精英是一伙的。

當然，後來證明，他錯得厲害，不過「千金難買早知道，萬金難挽沒想到」。人生就是這麼無奈悲慘，就算遊戲也一樣。

精銳小隊終究不負虛名，在會長再次捨身後，他們鎖定了公會城附近的小山丘。地勢高，但山勢平緩，半山腰才開始出現灌木，越往高處樹木越高大，非常反常。

他們也不是成隊形非常囂張小白的衝上山，而是趁著混戰若無其事的化整為零，悄悄的摸上山。

精銳小隊的隊長是個全敏弓箭手，曾經是職業軍人，還是特戰隊的。退伍後年紀還不大，但適應不了社會，最後落得跟道上兄弟混的下場。

不過在地獄之歌，他卻如魚得水，統率著陽關公會的所有盜賊和弓箭手。在三公會勾結對冥道主侍從下黑手唯一有斬獲的，就是他的小隊。雖然從實習死神偷到的不過是件紫裝戒指，但證明了思路無誤，宏圖霸業能爆光狂熱聖騎，實在他的謀略要記上一功。

他是第一個追查到蹤跡的人，神情卻凝重起來。這是個行家。而且還是個很行的行家。

蹤跡那樣隱諱細密，打一槍就換個狙擊點，整理得毫無影蹤。若不是他在軍中相當優秀，恐怕也看不出來。

握緊了十字弓，他的瞳孔爆出精光，異常興奮，卻也更為冷靜。

他暗暗的指揮幾個法師盲燒樹林，打草驚蛇一番。因為他需要先鎖定狙擊手的位置。

果然，狙擊手把餌吞了下去，槍火雖然細微，但在昏暗的樹林異常扎眼。在她狙殺三個法師之後，隊長貓著腰，將現實的技巧和虛擬的技能融合得天衣無縫，巧妙異常的潛行過去，正好看到灌木叢露出一截黝黑的槍管，若不是他有鷹眼這樣的被動技能，一定不會察覺到。

M200狙擊步槍。理想狀況下可以對兩千米距離的人體頭部進行無修正射擊。當然，他知道這是遊戲……擬真極高的全息遊戲。但看到這把大兇器靜靜的藏在這兒，他還是恍惚了一下，強烈的渴望湧了上來。

所以他的十字弓稍稍避開了要害，決定生擒。

能乖乖交出來便罷，不然也能逼問槍械圖紙的下落。若是太死硬就殺到爆。兇狠的神情一掠即過，箭如流光的疾射入灌木叢……卻沒聽到慘叫。

他的反應很快，翻身就要滾動，卻沒滾成……因為他的頸椎挨了重重一腳，被踩在地上，槍聲轟然咆哮。

「絕版手槍，雷電。**Thunder.50**。[35]」化成白光之際，狙擊手終於開口，居然是女人的聲音。

在他丟出誘餌的時候，他卻沒想到，自己成了人家真正的餌食。

這位隊長的推測很正確，黯淡的確是行家——她原本就出身軍校，雖然後來成了軍火設計工程師，但那也是她從軍多年後的事情了。

她是個真正的軍事迷，不是躲在實驗室裡吹冷氣玩數據的那種。她堅持軍火就是要使用的，沒有在第一線使用過，所有的設計都毫無意義。所以她參與過很多特訓，致力於國產武器的改良製造。

在她得病之前，她對生活真是滿意到不能再滿意，唯一的遺憾是，她是個女性，在軍中這環境註定無法得到重視和更多的支持。

這場病幾乎摧毀了她。直到虛擬實際治療計畫才挽救了殘餘的部分。但她還是很高興，很感恩。對管轄著她的NPC冥道主充滿了尊敬。

若是冥道主肯讓她研究原子或核子相關科技，她都願意親吻他的鞋子了……可惜冥道主不願意。

這真是最美中不足的地方。逼得她改用魔法能量極度壓縮後充當動能。可這實在太不穩定了……比硝化甘油還不穩定，讓她非常煩惱。

但現在，真正煩惱的是陽關精銳小隊，煩惱得抓狂了。

35：一款只有樣品，從未進入生產線的手槍，特色是單發式、大得像小型砲管使用的彈藥，與非常強的後座力。

隊長被轟回城裡的靈魂熔爐。巨大的槍聲咆哮得像是打雷，所有的人都愣住，立刻衝往案發現場。

遠遠的，疏落的灌木叢中，一個穿著迷彩裝的瘦削小個子，扛著一把半自動滑膛槍，正準備衝入樹林中。

「……那是M3[36]，對嗎？」追擊的某個盜賊，吞了口口水。

很快的，就有人用肉體回答這問題。一個疾行攔截她的刺客，用糜爛半個腦袋的代價，讓他們知道這就是暴力異常的霰彈槍。看槍口揚得老高，那個後座力實在不敢想像……

刺客和盜賊止步，一個盾戰吼著衝鋒上去，用盾牌護住頭胸要害，果然暴力歸暴力，穿透不足，只是把盾牌打了個沙花。

「戰士上前！」副隊長吼，「聽口令衝鋒！」

霰彈槍什麼都好，就是填彈麻煩。讓戰士將她堵住，失去機動力的弓箭手比法師還不如。

這個時候，他們還認為黯淡是狗屎運上達天聽的弓箭手，才會擁有這樣的大殺器。

坦白說，陽關精銳小隊應變得很快，也的確戰鬥素質與紀律性非常高。黯淡默默想著。結果來遊戲打打殺殺，真是種人才上的浪費啊……

戰士沉重步伐快速如電的逼近，讓大地都隆隆作響。就在即將得手的那一刻……一聲沉悶的槍鳴，將草地射出一個坑，碎草和泥塊飛揚，藉著巨大的後座力，黯淡居然滯空了。

甩槍填彈轉轟某個戰士的盾牌，再次滯空後倒飛出去，她已經在樹林邊緣。

事實上，這不是M3，而是黯淡改良失敗的霰彈槍。她想解決霰彈槍射程太短的問題，射程是延長了，後座力卻大到讓她肩骨骨折。最後她卯起來死磕，將所有屬性都填在力量上，才勉強能夠駕馭這把猛獸似的霰彈槍。更誤打誤撞的利用了強大後座力，弄出這招「飛射」。

埋伏在樹林邊緣的戰士衝向無暇填彈的她，她卻斜走小退，趁戰士飛躍即將衝

36：美國通用汽車公司於二次大戰期間生產的一款衝鋒槍。

鋒的那一刻，把霰彈槍使得像楊家槍，將沉重的戰士挑得浮空後猛刺。

當然沒有槍頭無法造成真正的穿刺傷，但那個戰士覺得自己的腰像是被火車撞上，控制不住的摔飛出去，這一刺一摔，居然讓全防戰士爬不起來，陷入重度暈眩效果。

腎擊[37]？不是吧大姊！妳是弓箭手又不是刺客盜賊，怎麼打人腰子還能打出暈眩？

最後黯淡滾入樹林中，失去蹤影。陽關精銳小隊非常不明智的追入樹林中……然後一個個消失成白光，最後都在公會城靈魂熔爐相聚，一個也沒少。

黯淡將狙擊手的恐怖演繹得淋漓盡致，死於她手裡的人實在遠不如其他夥伴。但重創敵方士氣的程度，卻是其他夥伴望塵莫及的。

陽關公會會長憤怒得要冒煙了。

死回來的精銳一個個精神萎靡、神情呆滯，連他最器重的隊長都滿眼迷茫的望著天空，「雷電，雷電……雷電停產了啊，不應該啊……那是傳說中的手槍……」

他怒吼了半天，這群高手不但枯萎，而且眼淚汪汪的告訴他，那個狙擊手是高手中的高手，瞧一眼就會失去戰鬥意志。

如果照他們的描述，黯淡應該是FBI、KGB和GSG[38]聯手特訓出來的女殺手008，附帶生化機械眼，瞪人都會死的那種。

當然我們知道，事實不是那麼回事。

只是她的表現實在太離譜，太打擊人了，自己小隊士氣受到重創，再起不能，也得要有個說法。結果就是讓已經死得很累的會眾，士氣筆直下降到地平線以下。

會長憤怒、狂怒、震怒了。

雖然想推倒那五個Boss看起來難度有點大，不停的有人死回來。但拓荒哪有不死人的?!更何況就他看來，希望很大……因為這些Boss的血不多，要不是當中那個補師

37：網路遊戲魔獸世界中盜賊的招牌技能之一，特色是擊中後會使對方暈眩。

38：FBI，Federal Bureau of Investigation簡稱，美國聯邦調查局。KGB，蘇聯國家安全委員會，由俄文克格勃音譯而來，亦被稱為格別烏。GSG，Grenzschutzgruppe的簡稱，德國聯邦警察國境守備隊，其中最著名為慕尼黑事件後成立的第九國境守備隊GSG 9，為德國反恐精英。

太奶了，回血光環太卑鄙了，不然只是有點困難而已嘛！

畢竟這些銀邊精英都沒有大招！有的還規規矩矩的一個個普攻……上哪找這麼親和又親自送到家門口的Boss!?

偏偏就不知道哪個混帳公會什麼時候不好尋仇，偏偏買了個殺手現在來搗蛋！

大怒的會長衝向城門……上面的城樓，氣勢萬鈞的怒吼，「我X妳祖宗十八代，臭婊子……」

這次他活得久一點，活了一分鐘。人家黯淡總是要找適合的狙擊點不是？這一分鐘更逍遙很盡責的轉播會長的精彩國罵……

只見一顆發出尖銳破空聲的子彈迎面而來……但被城市守護符文陣擋住了。嚇得差點失禁的會長愣了一下，又復狂喜，非常王霸之氣，「小賤人，我看妳還有什麼招！我XX妳○○……」

他罵戰沒兩句，只見子彈接踵而來，還沒搞清楚狀況，又是一槍飆血，化成白光恨歸靈魂熔爐。

毫無意外又非常悲情。

更逍遙寒了寒。擁有間諜衛星飛劍的他，不像死得不明不白的會長。城市守護符文陣就是個大能量罩。重複打擊同個點就會讓能量稀薄不足防護。說起來簡單，做起來可是極度困難。

要知道，黯淡距離這兒將近兩公里。她這個可以扛兩把機槍的純力量狙擊手，敏捷一點也沒有點，屬性的命中低下，完全得不到系統的輔助，而是她個人現實完整實力的體現。

黯淡保持她冷靜寡言的風格，「目標已over。待機中。」

這次更逍遙不敢扮唐僧了。而陽關會長終於被搞哭了。「……大姊！妳有這槍法為什麼不去奧運會拿金牌，跑來折騰我們玩兒……」那真是一整個慘。

陽關公會在「怪物攻城」兩個小時後，所有的人幾乎都死了一遍以上。主要的精英團更是死了不計其數。

人人眼神呆滯，士氣極度低下。

還別說，遊戲死亡不痛不癢是吧？但面對不可戰勝的敵人，死個幾次就會從憤怒漸漸往沮喪和絕望走去。Boss沒大招是吧？那個回血光環每秒跳上千的，要多強大的dps才能滅一個？可人家普攻捅兩下死一個啊！

好不容易看到希望，血量不足25％了。可人家的Boss補師手一抬……嘿！滿血了！還打屁啊!?

你說殺補師？廢話，誰不知道殺補師？可補師身邊有個能破隱的Boss刺客啊！來一個殺一個，來兩個宰一雙。公會精英盜賊和刺客那個前仆後繼啊……血淚交織得多慘。

好吧，刺客Boss都普攻沒錯，但架不住人家動作快，一手抹脖子、一手插太陽穴，乾淨俐落。逼得很高手氣質千山我獨行的盜賊刺客得圍毆，人家玩兒似的一一打發，死得那個慘狀淒涼……

控場？不控場還能有全屍，出手控場的讓人庖丁解牛了。像是有深仇大恨似的，逃都逃不掉你說這怎麼回事，控場技還附加三倍仇恨值的，這怎麼算的？

等好不容易纏住了Boss刺客……人家Boss補師不是善類啊！你看過拿書砸人能一砸上千血的補師麼？更不要說那個跟Boss狼狽為奸的狙擊手，時不時打黑槍，天地不仁啊！

換人吧，那個穿布衣的小姑娘好像比較好欺負……你見鬼吧！看到人家的死神鐮刀沒有？人家普攻就是一揮一百八十度，扇型中招，血那是嘩啦啦的掉，還斷手折腳飛肉片。前後揮兩下，嘿，那就是絞肉機。

布衣都打不動了，還想撬橫衝直撞的鐵皮罐頭？不撞死就是祖上積德了。那個穿皮甲充大俠的更萬惡，東捅西戳，如鬼似魅，把圍著他的人都搞半殘了，陰險的朝人臉扔火符……死得太冤了，為什麼一張輕飄飄的紙能打人一半血?!太不講理了！

但真正讓陽關公會絕望到火速回城防守，不再奢望打Boss的，卻是那個拿聖經砸人的補師。

追得氣喘吁吁、淚流滿面的灰燼，絕望的看著遠在她施法範圍外的三個同僚，而且他們的血都挺危險的。這個危急的時刻，風胥讓幾個身手很好的刺客纏住了，沒辦法護著她向前。一個死皮賴臉的防戰扔了盾，抱著她大腿，誓死要拖住她。

她真是欲哭無淚，血牛又不是聖經可以輕易砸死的，而且死了一個血牛，還有千千萬萬個血牛。這個人海戰術實在太無賴。

束手無策了，她一頓橡木杖，施展了一個冷卻時間非常長的補血大招，「慈悲泉湧」。

半空中出現了柔和的光亮……一個虛幻的湧泉出現，宛如細雨般覆蓋了整個戰場。

所有同僚的血一整個突飛猛進，幾乎要腦充血了。但是陽關公會會眾的血，卻稀哩嘩啦一洩千里。

那飄飄灑灑宛如黃金春雨的「雨滴」，對他們這些神聖或中立屬性的侍從來說，是大補；對冥道原生物包括玩家來說，是比硫酸還可怕的大凶。

對血條的傷害還遠不如視覺和心理上的傷害……看著自己的身體冒泡泡蝕肉出骨頭誰不慘叫啊？

陽關公會大敗退，有的離城門太遠的乾脆自殺回城，省得繼續受這種折磨。

還沒殺過癮的更逍遙砸砸嘴，「不是說禁用地圖武器嗎？不是我說妳啊灰燼……」

「閉嘴！」憤怒到離奇的灰燼吼了，「你們這三台脫軌的自強號！不這樣誰補得到!!」

老實人生氣最可怕，尤其是老實的女孩，更可怕。

連仇女最深的聖喬治都不敢多話，忿忿的踢了一腳城門。結果這一腳，讓城門冒出個「-2000」。

「哎呀，」聖喬治感嘆了，「他們家城門偷工減料是吧？怎麼這麼軟啊。」

心驚膽戰躲在城門另一頭的會眾悲淚了。這群守城門口的，正好是維修前挑戰過冥宮大門的倒楣鬼。

誰家的城門能跟冥宮一樣，堅固耐用還會閃躲招架的。Boss這話多欺負人你說……

*　　*　　*

陽關公會會長滿面滄桑的站在被打劫一空的公會寶庫前，髮絲在淒涼的風中非常凌亂。

當五個Boss只憑普攻破了大門、符文陣和六個箭塔後，陽關公會已經提不起任何鬥志了。所有的人死氣沉沉的待在議事大廳，唯一慌亂的時候是Boss跑進來破壞靈魂熔爐……堅強點的還能走避，不堅強的立刻果斷下線了。

靈魂熔爐被毀，這些明顯ＡＩ其高無比的Boss，非常人性化的洗劫了公會寶庫，還很不厚道的批評寶庫裡的裝備太差，辜負「寶庫」這樣的美名。

怪物攻城任務，自然是失敗了。為此，公會等級倒退一級，損失了一半的領地。因為寶庫被洗劫一空，當然金幣也沒了……

在黑市金幣幣值節節高漲的此時，陽關的損失難以計算。

更糟糕的是，自從地獄之歌開放公會系統以來，怪物攻城被攻陷的公會實在很少……除了一開始不熟悉公會規則，之後只有實力很弱的小公會才會被攻進城內，但被打破靈魂熔爐的絕無僅有。

陽關公會真是首開先例……對於一個三巨首之一的大公會來說，實在是太丟臉了。

會長最後沮喪的下線，把所有核心成員踢起來開會。

一個年輕的小夥子皺眉，「照我說，那張大單就不該接。」他是陽關的軍師，但這次的怪物攻城向來足智多謀的他也沒輒。

「這次怪物攻城和那張大單有什麼關係……」會長反應過來，跳起來大罵，「靠！被華雪耍了！居然派那六個半NPC偽裝什麼怪物攻城……我非告他們不可！」

……混黑社會還想走法律途徑……陽關果然很沒落了。在座的核心會員悽愴的想。

「證據在哪？」軍師冷冰冰的說，「那五個『怪物』只顯示了名字和大約等級，其他都是問號。」

會長張了張嘴，憋得滿臉通紅。沒錯，而且名字很令人無言。那五個Boss的名字非常簡潔，分別是「騎士」、「道師」、「死亡守護者」、「癒師」、「刺客」。

「……那也不一定是他們。」會長嘴硬，「最少沒見到他們發同樣的大招。」

「武器符合啊。」軍師有點怒了。

「那些武器誰不會有？又不罕見！」會長決定嘴硬到底。

「那繼續去找冥道主侍從暴裝備好了！」軍師揚高聲音，「只是不知道誰暴誰……搞不好就直接暴公會！大單雖然好，但也得有命賺啊！現在我們連個毛球都沒看到，倒是賠掉大半個家當了！一開始我就說不要接這單……」

「你現在說有什麼用！馬後砲！」

「我之前沒有說嗎？豬玀！」

「你是會長我是會長？」

「你是會長！你是豬玀會長……」

於是這場爭論依舊用拳頭做了個結尾，鼻青臉腫的會長和軍師終於被架開來，用了不少精闢國罵平撫了怒氣，才能夠討論後續。

他們懷疑，卻不能舉證。丟了這麼大的臉，又不敢去論壇興風作浪……只是平白被嘲笑，雖然他們真的不是找理由。

說起來，現在心底滿是悔意。甚至要不要繼續和冥道主對著幹，都有點動搖了。

他們對地獄之歌，就是很單純的認為是個遊戲，能賺很多錢的遊戲。幾乎是變相的被清出罪惡之城，人人心裡滿是怨忿。雖然說後來發展得也不錯，但遠遠不如預期……荒野中的公會城與罪惡之城一比，簡直是個破落小村莊，哪比得上罪惡之城滿地黃金。

陽關的心本來也沒很大，只要控制罪惡之城幾條街道就好……也沒打算很血腥，殺雞取卵不是高明黑道的手段。

收收保護費，弄幾個私娼寮，擺上兩個賭場……就可以輕鬆的賺進大把的錢。他們自認還是很愛好和平的道上兄弟。

但冥道主這可惡的NPC，把他們的路都堵實了。逼得他們得這麼辛苦的經營公會，雖說不虞溫飽，但是今天做任務，明天接客戶開G團[39]……這根本就是打金工作室[40]嘛！他們道上兄弟的風骨都蕩然無存了！

39：G團，網路遊戲中一種玩家們自發的組團方式，以遊戲幣做為獎勵出席率的代價，來進行比較困難、需要團體運作的遊戲攻略。

40：打金工作室，以販賣遊戲幣或虛擬寶物換取現金為目標，在遊戲外組成的玩家組織，因為多半涉及使用外掛程式破壞遊戲平衡，通常為遊戲公司明訂的規章所不許。

所以天下制霸來找他們變換陣營，密謀推翻暴政時，陽關上下毫不猶豫的上了。因為尸皇給的任務說得明明白白，若是幫助尸皇推翻冥道主，就解除罪惡之城的安全區，並且把東區劃給陽關當領地。

也就是說，東區所有商店，不管NPC還是玩家開的，都會自動繳納保護費，還不用人手去催繳！而這保護費的多寡，是他們陽關決定的！

而且，別說私娼寮了，想開夜總會、賭城，也都是他們說了算！

尸皇對他們的要求，只是壯大自己實力，盡量把玩家都拉過來轉變陣營，待時機成熟，跟著NPC起義大軍一起衝就是了。多好的買賣！多優良的公會任務！

在利益之前，原本打得你死我活的三大公會瞬間和平了。也是在這種和睦親善的氣氛下，宏圖霸業發出來的大單，他們才會合謀準備拿下……因為看起來很簡單。

冥道主侍從的半NPC身分，並不是什麼祕密。早期侍從數量還不少時，就頻頻在論壇抱怨。

玩遊戲圖什麼呢？不就是圖打Boss炫裝備泡美眉嗎？但是神裝有了……卻得自己掏腰包花天文數字，還得用大量的經驗值養神器。一開始的侍從又弱，走在野外老被當小Boss推，泡美眉更是沒戲唱……房間都不能開還泡個屁啊！

最後這些侍從大多數都轉遊戲了，剩下六個孤苦伶仃的孩子，在論壇上都有擊殺記錄過，只是等級高了，難得在安全區外見到罷了。

也不知道金主在哪兒見到某個侍從的裝備，從此念念不忘。花了一筆巨款，指名要暴這六人的裝備，所以才有三大公會守護石副本的周詳計畫。

周詳是很周詳，沒想到這幾個孤苦伶仃的侍從這樣難啃。不過卻也不是毫無勝算的……只有天下制霸那個嫩咖被滅團了，若是人海戰術應該頗有希望。尤其是宏圖霸業逮到時機暴了狂騎所有的裝，陽關公會更是蠢蠢欲動了。

只是誰也沒想到，侍從們這麼小雞肚腸，之前先是宣戰，維修後乾脆怪物攻城。至於實力，更是超乎想像的，恐怖的強悍。

「這事，還是跟同盟說說吧。」軍師雖然一開始就反對接私活兒，到底還比較厚道。

「說什麼？」會長板臉，隨之獰笑，「咱們沒證據不是？」

「……你太壞了。」軍師臉一垮。

會長的視線投向遠方，「天災人禍啊，總是難免的。我現在的心情就像是推小獅子下懸崖的老獅子……這是為了讓盟友成長啊。」

「狗屁。」軍師說。非常的一針見血。

*　*　*

冥道侍從們這次攻城收穫甚豐。不但包包塞了個爆滿，連未雨綢繆的幾個乾坤袋都沉得幾乎提不動，陽關的領土地契也自動飛到隊長更逍遙的包包，真是徹底的洗劫……連地皮都刮走了。

雖然說領土地契得奉獻給冥道主，聖喬治也對寶庫的名不符實非常不滿意，但是倒給吸血鬼也能積少成多不是？冥道主一早就放下話了，除了地皮，其他戰利品都由侍從們均分。

對一向在窮困邊緣打轉的侍從們，這可是一筆大錢。

但相較於那兩個得意洋洋，對強盜事業非常嫻熟的更逍遙和聖喬治，其他四個人明顯有較高的道德標準。尤其是筋疲力盡的灰燼，實在沒有臉皮扛著贓物招搖過市。她藉口趕路，帶著同僚從地下溶洞遁逃。

不是他們不想用傳送，該死的傳送居然有重量限制。陽關公會實在太肥了，肥得他們人人超標。

對於這個方便迅捷的地下溶洞，果然同僚們交聲稱讚，並且紛紛打聽任務標準。但聽到那個可怕的「萬死不辭」，人人都啞口上了寶石龍，呈現超載狀態，並且客氣的回絕了灰燼提議幫他們刷死亡次數的建議。

站在灰燼背後的風胥啞笑。總算不是只有他一個人被雷……而且聽灰燼的咬牙切齒，看起來很想親手同時執行死刑和復活。他這樣一個純良的殺人狂不禁也有些幸災樂禍。

就在寶石行龍蹣跚前進的時候，更逍遙突然大叫一聲。擁擠的龍背所有兵器突然紛紛出籠，殺氣沖天，以為更逍遙被偷襲了……畢竟他在龍背最末。灰燼更讓寶石行龍急停……全隊東倒西歪，聖喬治差點摔出龍背。

「我知道了！」更逍遙大叫，「我知道頭兒為什麼跟GM吵架，為什麼我們有公會……」他抬頭，看到五雙不善的眼神，摸不著頭緒，「幹嘛停下來？」

聖喬治折響骨節，親手料理了他。兄弟咩，沒辦法。讓別人動手多不好，還是自己來吧。

冥道主喜怒無常，殘暴兇狠，他們這群侍從每天都要挨罵，有時候還會親手滅了他們。

但讓這些侍從親暱的喊他「頭兒」、「吾王」，心底深處都信賴崇慕的緣故，卻是他一個非常強烈的人格特質。

他是個超級護短的人。

被怪物打仆街了，他不會管。任務完成不了，他不會管。但是被玩家推了，冥道主雖然不能直接管，但他又不是只有一個手下。

所以雙人任務的時候，風胥會主動和一點都不熟的灰燼組隊。灰燼被連續追殺了幾次，更逍遙會那麼巧的幫了她。

事實上都是冥道主私下發任務給「老人」，照顧一下小白鴿。不然照她的白鴿程度，早就可以做瞬發傳送的任務了……大約可以做兩次以上。

雖然所有人都認為，這是冥道主的占有欲和強烈地域觀，絕對不會是什麼善心。但所有的人還是很感動的。

作為半NPC的他們，被剝奪了許多遊戲的權利，甚至連生活技能都無處學習了，更沒有他們能夠使用的工作室。這對他們來說，等於剝奪掉地獄之歌一半以上的內容了。

冥道主這樣護短，就算不管其他人，也得關心一下由他管轄的治療計畫成員。所以他在規則內，讓侍從都劃入冥殿公會，冥宮就成了公會領地。公會領地依法可以建造各種職業工作室，聘請NPC師傅。所以才會有風胥的畫廊、黯淡的軍火實驗室等等。

而且他也算是預謀埋下一個伏筆。讓這些可憐天天被覬覦的孩子們，有個反擊的機會——大不了開公會戰。

他會對GM大發雷霆之怒，就是以前GM不講話，直到開了公會戰才忙不迭的請他解散公會，是可忍孰不可忍。

當然有些傲嬌的冥道主絕對不會跟這群侍從透露半分，直到更逍遙他們幾乎拆掉人家的公會城，才發現別人家的配置和冥宮有類似之處。他一直琢磨到半路，才恍然大悟。

所有的人都安靜了下來。這群非常不團結，比散沙還散沙的傢伙，頭回兒團結一致了。

這次上貢，不但貢上了地契，還共同做了個精緻絕倫的棋枰，和兩缽手工打磨的棋子。因為冥道主除了好色貪花外，最愛的事情，就是下棋。

六個人一起合作，其實沒花多久的時間。甚至也沒能親手送上……冥道主又不知所蹤了，東西交給吸血鬼，這六個人又一哄而散。

收到這份禮物，冥道主眼睛都睜圓了。

「……無事獻慇懃，非奸即盜。」他咕噥著表示不屑一顧。

但是他又外出下棋時，卻非常囂張炫耀的拿出打造得美侖美奐的棋枰棋子。

「瞧你尾巴翹的。」在對面的白衣人微笑，兜帽幾乎垂到鼻子，只能看到形狀完美的脣彎著美妙的弧度。

「這是人格魅力。」冥道主托著腮，懶洋洋的說。

「你會這麼喜歡人類，真沒想到啊。」

「下你的，廢話多。」

＊　　＊　　＊

「……我會，沒有直接拒絕頭兒，倒不是因為我喜歡男人。」並肩和灰燼走向祈禱室的風胥突然開口，「只是，頭兒若是因此會高興些，我是無所謂的。」

灰燼咕噥了幾聲，「頭兒哪兒欠人去？他單純愛欺負人而已，不是真的要幹嘛。」

風胥少有的笑了，「那妳那麼緊張做什麼？」

「……因為我的心理承受度是負值。」灰燼自暴自棄的回答。

風胥但笑不語，掏出菸來，灰燼也很習慣的駐足，平靜的等他說話。

火光一閃，煙霧後的風胥帶點惆悵，「……自囚十年，不是頭兒，我早尋了自盡。」他自嘲的笑笑，聲音很輕很輕，「唯一把我當人看，而不是當怪物的，只有一個NPC君主。」

「……我也沒有把你當怪物啊。」灰燼低聲，但觸及他鋒利並且瘋狂的眼神，還是忍不住打了寒顫，「本能、本能。」

風胥打量過她纖細的脖子，眼神柔和起來，「我知道。所以現在是唯二。比我爸媽……都要好多了。他們連短訊都不敢傳給我……」他有些茫然，「我從來沒傷害過他們。」

灰燼做了生平最有勇氣的事情。她手抖得像是打擺子的搭在風胥冰冷的手背上。

「別這樣。」風胥揚了揚眉，「我會忍不住想戳戳妳的脖子。」

灰燼快哭了。她低眉順眼說了晚安，下了線。

風胥覺得挺好笑的，等他退出遊戲，睜開眼睛時，眼底還滿是笑意。

灰燼膽子很小，非常的小白鴿。但她心地很好。難怪頭兒喜歡逗她。這樣的好心情一直維持到戴著電子鐐銬去健身室運動，快中午的時候，他收到一個意外的禮物。

一個杯子大小的迷你盆栽。

應該是蕨類植物，葉子是羽狀的，非常細柔。看起來，有點像懸圃的聖心樹，只是幼苗狀態。

當然他不能保有這個盆栽……因為所有可能給別人或自己製造危險的零碎物品，都是被託管的。但療養院也沒那麼不通人情，這個可愛的盆栽被放在一個花架上，和別的盆栽排排站。他每天自由活動的時候可以遠遠的看看，療養院的園丁會順便照顧。

果然，回到房間後，鑲嵌在牆壁裡的電腦螢幕跳出一個簡訊，閃啊閃的。

灰燼：「生日快樂。」

後面是一個大大的笑臉符號。

坐在螢幕前面，風胥想了很久很久。一個多小時後，他才回應那個簡訊，「謝謝」。

五年了。五年以來，他在現實中，收到一個簡訊。五年前，他收到的最後一個簡訊，是他媽媽再婚的「通知」。至於他爸爸呢，在他住院兩年不到，就離婚又再婚了。

想想那時候，自己真是天真。以為只要把自己關進療養院，不要傷害任何人，他的家庭就會保持完整，爸爸媽媽和他，依舊會如往常那樣親愛。

但人類，就是很脆弱的。大難來時，所有的人第一個想法大約是，「為什麼是我。」

原本他曾經不解、怨恨，被療養院視為最危險的病人，還接受過幾種可怕的「治療」。後來被挑去治療計畫，最初的表現也非常惡劣……直到被冥道主收納麾下。

初次謁見時，冥道主給了他兩把匕首，說，「殺吧。等你覺得夠了，回來見我。」

他殺怪物的時候，有時也被殺。冥道主將他的疼痛感應強迫式的定在百分之百，讓他親自體會所有的痛苦。

「人類呢，都是有缺陷的。」冥道主淡淡的說，「但『缺陷』，卻是因時、因地、因人而異。你生錯時間了孩子。若你生在亂世，憑這種強悍的殺戮欲望，不為梟雄，即為人傑。

這個結晶化到極致的文明社會不適合你。但是，你也不可能和龐大的社會意志對著幹，結局是毫無疑問的毀滅。

你要懂得『收』與『發』。殺戮欲望麼，沒啥。就跟『飢餓』、『性欲』是相類似的東西。欲望用湮堵是最差勁的處理方式，如何疏導，能夠讓社會這龐然大物不想要毀滅你，就是你存活下來最大的命題。」

風胥不敢說，他完全明白冥道主的意思。他用的方法比較笨，在虛擬的世界殺害非常擬真的怪物，儘可能的滿足欲望。

的確，就像飢餓只要吃飽，性欲只要滿足，會有段時間不再有類似需求。他也終於能夠冷靜下來，像個人一樣。而不是像隻關在鐵籠裡的困獸，除了殺戮什麼念頭都沒有。

甚至，他也想通了，原諒了。

或許，一開始他沒說服自己成為人類中反社會的獵食者，就是因為太愛自己的父母。他下意識、很悲劇英雄的希望自我犧牲後，能夠保有溫暖的家庭。

他自感犧牲，但父母親卻因為獨生子的「病」，互相推諉攻擊，反而家庭破碎，所以才會這樣憤怒失落。

但想想吧，他的爸媽只是普通人，有點小愛面子的白領，一直以來，獨生子都是愛攀比的親戚朋友中，接近完美的典範。

可他們的孩子卻進了療養院，差點成了兇手，是個瘋子。

若風胥得了癌症，他的父母一定不會拋棄他。但他是個殺人狂預備役，那就超過他們的承受度了。

連自己都要花這麼多時間，才能在冥道主的幫助下，跟自己相處、原諒自己，又怎麼能怪徬徨無助的爸爸媽媽？

最少他前十六年的人生很不錯的。他開解自己。不管怎樣，都是自己的選擇。

或許有時候會覺得寂寞。但沒辦法，誰讓他是個反社會者。

兩聲輕輕的「滴滴」讓他驚醒過來，是灰燼。

「你在嗎？」灰燼還是一個笑臉，「剛去晾衣服了。盆栽還喜歡嗎？」

風胥很想抽菸。只有抽菸的時候，他才能感到穩定，能和人交流。

但病房裡不能抽菸……何況他也沒有。

他慢慢的敲著桌上平嵌著的光學鍵盤，「喜歡。妳怎麼知道我生日？」

「呵呵，頭兒上個月初發布給我的任務。」

「沒有獎勵吧？畢竟有沒有成功他也不知道啊。」風胥頓了一下，繼續打字，「通訊號碼呢？」

「上回買花的時候，我問過你啊。」

他們開始有一搭沒一搭的閒聊，在這個星期天的午後。就和在懸圃時差不多。灰燼做手工藝，編一個藤籃，風胥順手用繪圖板畫畫。

最後兩人連線打了一場暗黑破壞神三。不要懷疑，這個經典之作一直到二十一世紀中葉才正式出爐，他們一面打怪一面閒聊，一致的認為，二十一世紀末能出資料片已經是「very soon」，暗黑四絕對要「家祭勿忘告乃翁」了。

「我沒有成家的希望了，」風胥透過麥克風說（暗黑三支持語音！），「妳讓子孫燒給妳的時候，順便燒我一份。」

「我大概不可能。」灰燼回絕得很快，「你不如拜託那群自強號……」她啞口了片刻，「嗯，拜託頭兒好了。我們這群都沒希望。」

「妳不要那麼鐵齒。」風胥勸著。

「我心理承受度低。」灰燼哭。

「……」

一直玩到吃晚飯，才雙雙告別。

「我吃過飯上線了。」風胥敲打著鍵盤，「謝謝妳陪我一整個下午。」

「神經喔。」灰燼不悅，「陪伴陪伴，這是雙向的。」

「……妳有事，就給我簡訊。」風胥有些笨拙的回應，「沒事也可以。」

他不知道，已經把灰燼的眼淚逗出來了。五年沒收到簡訊是個怎樣的概念？無人探望的無期徒刑。

「好的。」事實上螢幕那頭已經泣不成聲。這天她七點多就上線了，大大打破她規律的作息。

後來風胥真的常常收到她的簡訊了。早安晚安這個不消說，天氣很好或狂風暴雨也常有報告，連吃了一條清蒸鱸魚都特別發條簡訊。

他是知道這年頭不管是msn、icq還是奇摩啥的、手機，都共用一個叫做3in1的平台，走到哪傳到哪。但菜色不用跟我報告吧……？

小白鴿就是小白鴿，虛擬果然是反應現實的一面鏡子。

但他的確覺得很暖心。

唯一的後遺症是，偶爾，只有非常偶爾的時候，他會湧起切開灰燼喉管的衝動……只是極力克制著。

殺害瀕臨絕種保育類動物是不對的。特別是珍奇的小白鴿。

* * *

讓我們把鏡頭轉到太歲當頭、霉運高照的天下制霸。

當然，懷著「老獅子心」的陽關不會提醒註定要受「考驗」的盟友們，但這三大公會結盟的時間很短，互相拍板磚、撩陰腳的時候卻很長，各自安排間諜玩無間道也是合情合理的事情……當然不會因為結盟這種小事就撤掉苦心經營的情報部門。

雖然打不進核心，但天下制霸也不真的是笨蛋，詭異的怪物攻城，強到掉渣的

Boss，如此明顯的巧合，也讓他們高度緊張起來。

緊張了一整個禮拜，卻毫無動靜。

畢竟他們只是玩家，就算主要成分是道上兄弟，紀律性比普通玩家好，但也好得有限。一個禮拜的警戒就已經是極限了，再說，黑道那套玩不開，不練級打寶殺罪犯怎麼養這麼一大群人……

沒錯，天下制霸最聰明的地方，就是靈活。不像陽關那麼死腦筋，抓著道上兄弟的面子不放。他們有特別打劫別人的「好漢組」，也有打劫罪犯的「奉天組」，可謂之黑白通吃，業務靈活。

而且他們也頗有商業頭腦，打劫歸打劫，苦主是可以花錢來贖的。並且發售vip卡，持卡人遇到天下制霸秀一下，就可以免除被打劫的厄運。而且還能九折購買天下制霸黑店裡的貨色，甚至也接特別委託。

不得不說，黑道也是三六九等的。想在遊戲裡混黑道還是得有兩把刷子……

只是這兩把刷子惹到不該惹的人，鬃毛大約都保不住了……是個悲劇中的悲劇。

第十天，天下制霸迎接了「怪物攻城」的洗禮。

花的時間更短——少了符文陣和六個箭塔。收穫更豐富——天下制霸比陽關更肥，戰鬥力稍弱，讓寶石行龍很辛苦……跑了三趟才載完。

天下制霸會長瞪著灰燼和風胥，髮絲在風中無比凌亂。無比淒涼的在心裡湧出一句話，非常文藝有氣質……

人間黑道是滄桑。41

（雖然說書人很想吐槽這典故錯誤，應該是「人間正道是滄桑」。不過因為說書人不該在這兒出現，只好把吐槽省下來。）

會長完全明白，明白了怪物攻城的真相。如果你讓同兩個Boss滅團兼滅會過，印象絕對是深刻的，深刻而慘烈。

就是因為深刻而慘烈的認知，所以天下制霸會長非常聰明的採取了極度合作的態度，讓準備了滿清十大酷刑的風胥無用武之地，非常遺憾。

41：典出毛澤東詩《人民解放軍占領南京》，成於1949，初版收錄於《毛主席詩詞》，人民文學出版社，1963。

這位識時務到超凡入聖何止俊傑的會長，不但洩了戶皇他老人家的底，也把大單的主兒供了出來，一臉諂媚到猥瑣的笑，讓人極度想痛扁，可人家這樣合作，又不怎麼下得了手。

更逍遙考慮了一會兒，「……讓他死個一次就算了。」他朝黯淡打了個響指。

黯淡掏出把左輪手槍，只拍了發子彈。坦白說她也過意不去，人家態度太良好。

蹦的一聲，會長太陽穴竄出血花，化作白光回沒兩步路的靈魂熔爐。

眾皆無言。態度好還是抵不過天道恢恢，九分之一的機會還是讓他撞到。

看著洗劫成一片白地的寶庫，和施施然離去的眾Boss……背影這樣的高大威猛。不敢對Boss們生氣的天下制霸會長只好仇恨轉嫁，密了陽關會長怒吼，「夠不夠義氣你們？提醒一下會死?!什麼鳥怪物攻城，明明是……」

「我什麼都不知道喔。」陽關會長涼涼的打斷他，「臆測嘛，萬一搞錯，才是沒義氣。」

更為狡猾的天下制霸會長愣了一下，立刻轉怒為喜，奸笑兩聲，「也是。沒證據，都是臆測。」

於是這兩個會長不約而同的達成默契，誰也沒去提醒剛剛易主不久的宏圖霸業。

* * *

對侍從們來說，跟宏圖霸業打交道，是個非常特別的經驗。

他們倒是知道，宏圖霸業用了一個可怕的價格易主了……大金主不但買下一整個公會，從會長到會員都成了大金主的下屬，領薪水的！

這種「絕對敗家」、「金錢強化」、「破產強化」的敵手還真是聞所未聞、見所未見。

但這不是他們全體石化的緣故。

而是，對方大開城門，走出六個金光閃閃、瑞氣千條的三男三女，裝備很好非常好，但一般穿了這樣極頂裝備的人都會關掉光芒顯示，就像侍從們是關一年四季三百六十五天的。

畢竟每個部位的光芒顏色不同，通通開放光芒顯示……很像霓虹燈。運氣不好（或太好？）會完全cosplay理髮院門口轉的那一盞。

這六盞霓虹燈一出場，侍從們就覺得有些吃不消……眼睛吃不消。

但這也不是全體石化的理由。

真正的理由是，排眾而出的戰士（大概吧），全身閃爍著柔和的白芒，拿著一把威風凜凜的長槍，樣式他們非常熟悉……如果掐滅掉白光的話，天天都可以看到狂騎聖喬治穿這樣一身，站在冥殿垂首聽頭兒臭罵。

穿著全套狂騎神裝的戰士（？），非常威嚴有氣勢的仰天戰嚎一聲：

「我的長槍早已經饑渴難耐了！」

這，才是全體石化的緣故。

這個一盤散沙似的團體，終於打從心底有了統一的意志了。因為此時此刻，他們震撼的有了相同的心聲。

傻，大傻，太傻，實在他娘的超級傻！

要怎樣的終極小白才有辦法設計出這麼雷、這麼傻的台詞?!

更讓他們震驚的是，這個傻得破碎虛空的戰士（？），非常亢奮和高潮的舉著長槍虛捅天空，激情無比的……嗯，那個上上下下的摩挲……

太猥褻了！除了灰燼和娃娃以外，所有的人心底都狂呼這句悲喊。黯淡悄悄的遮住娃娃的眼睛，風胥這樣猛的傢伙臉孔都浮出可疑的紅暈，將目光轉開，可灰燼居然還捅了捅他的腰。

「幹嘛？」他語氣不善。

「……那個，在遊戲裡會抽筋嘛？」灰燼一臉擔心，「我看他這樣不太妙……要不要密一下GM叫個救護車什麼的？……」

風胥很悲傷，非常悲傷。姊姊！妳好歹也是有男朋友同居過的人，不要這樣純潔無知好嗎……？這讓我怎麼呼嚨妳？我也會不好意思的！畢竟我是個純真的殺人狂……

幸好聖喬治解除了石化狀態，朝天悲吼了一聲，「你拿老子的槍做啥下流動作？你妹才饑渴難耐，你姐才饑渴難耐，你爸才他娘的饑渴難耐啊我X！」

聖喬治怒了，非常非常的怒了。

他這把槍歷史悠久，從進地獄之歌就跟隨著他，是個吃經驗值極度兇猛的成長型神器。雖然之後又打到更多更好的武器，但他對這把長槍的感情卻非比尋常。

畢竟為了這把長槍，他讓吸血鬼坑得破產兩次，而且用盡心血，等於一個人練兩人份的等級——那把長槍升級經驗跟他一模一樣。這就是為什麼，拿Boss練功的聖喬治，等級只和懶得練等的風胥差不多……都餵給那把長槍了。

而這把長槍也沒辜負他的苦心和愛情，每次升級都能輕易打敗同等級武器，傲視群倫。

長槍被暴掉了，他雖然傷心欲絕，但也還能接受，只能祝長槍幸福，誰讓他太大意，沒能護住自己心愛的武器。

但是眼前這個終極小白對著自己心愛逾命的長槍做什麼猥褻套槍術啊?!這比在他面前猥褻自己的女人（雖然絕對不會有）還令人怒髮衝冠啊！

就在這個時候，天電閃爍，天空瞬間黑暗如墨，轟然炸雷了。

系統公告：冥道主侍從聖喬治因為機緣巧合，破開生死迷關，頓悟了絕學「狂暴術」！

是的。一直沒有頓悟絕學的聖喬治，在這個悲憤莫名到極點的時刻，居然頓悟了！但是……狂暴術應該是戰士的絕學，為什麼一個聖騎會頓悟……這是個謎，非常神祕的謎。

於是這位很謎的狂騎真的狂暴化了，並且扔了手裡的長槍，一腳把猥褻戰士（？）踢到浮空，發出「哈噠～」這樣的戰吼，當場表演了地獄之歌版的快打旋風。

更逍遙驚嘆的摩挲下巴，開始翻自己的技能表。不知道能不能弄出個幻術，在對方落敗時打出字幕。

畢竟少了那兩個大大的「K.O.」，不管是什麼版本的快打旋風就不完美了……

但只看了十秒鐘，更逍遙的眉頭就緊緊皺起來了。

雖然風胥總是無奈的覺得灰燼就個小白鴿，但在更逍遙這個史前骨灰級老玩家眼中，他這隊伍裡頭就沒個不是小白鴿……只有輕重之別而已。

他今年三十五，遊戲齡卻足足有三十。可以說線上遊戲的種種變化和沿革，他都了然在胸，甚至參與了全息遊戲從青澀粗糙到成熟穩定的歷程。

全息遊戲和傳統網遊有很大的不同。尤其表現在高手之上。有三種類型，在全息網遊極占優勢。

第一種是非常聰明……或說大腦鍛鍊成鋼的腦力工作者。所以許多中老年人進入全息遊戲，反而遠勝大腦全新原裝貨的少年。這類高手跟自己遊戲內的「軀體」適應度極高，反應極快，通常是法系的好人才，物攻就稍差……因為法術大部分都有鎖定目標的特性，而這類高手的吟唱速度信手捻來毫不費力，甚至還能接招時別出心裁。

但物攻的招式卻得交給系統掌控，銜接就會僵硬，也沒辦法做到手動校正。因為這類的高手通常沒有實際的武打經驗。

第二種是對網遊有很深的理解，原本就是遊戲高手。稍微適應一下全息遊戲的出招，就能理解系統規則，運用得出神入化。

他之所以會到地獄之歌，就是個可敬的宿敵也來了。可惜只跟良箴交手了一次，這位橫掃眾多遊戲，稱霸地獄之歌的大神就轉去曼珠沙華了。他之所以沒有跟著轉，就是在累積實力，打算在冥道遠征的時候和大神正式對壘。

雖然只交手一次，他也體認到自己和她的差距有多遠。不得不承認，世間真的有天才這種東西。良箴大約是他漫長遊戲歷程中所見，最能夠本能的將系統規則處理得絲絲入扣，招式銜接如行雲流水，**HP**和**MP**掌握得比電腦還嚴謹的天才。

第三種就很妙了。現實中大約學過武，而且學得很不錯。這類高手通常是物攻系的，而且多用普攻打出要害攻擊，反而很少使用招式……因為自我掌控權一旦轉移到系統掌控的招式，銜接上會有重大破綻。

但這種高手萬一能夠克服銜接上的障礙，往往非常可怕，可怕到能破壞遊戲平衡。

聖喬治事實上，就屬於第三種。若不是他車禍傷及脊椎，還能更恐怖。做為他的兄弟，沒人比更逍遙知道他的能耐。他拿起長槍還是好事……因為他適應招式，出手不至於太過殘暴。

但那白癡雖然讓聖喬治打得沒有招架之力，連連浮空，血卻下得很慢，十秒居然沒殺掉他。而對方的人出手了。

那是個一身黑衣的少年，袖著匕首。只出兩刀就逼得聖喬治後躍，那個白癡戰士因此逃出生天。這個時候，風胥一晃架住了黑衣少年，讓聖喬治空出手來繼續追殺那個白癡戰士。

「灰燼，補那個白癡一下。」更逍遙說了，「別發呆，快！」

灰燼滿頭黑線。她的治療對地獄之歌的玩家，那就是強酸……殺人不眨眼的。但很悲傷的是，他們一隊六個人，真正的純法系、施法範圍最遠的，只有她這個倒楣補師。

所以很不喜歡撿尾刀，但她還是揮手施放了一個治療術……然後她的眼睛睜圓了。

那個白癡戰士的血居然沒掉，反而補滿了。

「靠！」更逍遙大罵，「陷阱！撤！」他卻飛身進包圍圈，使了個過肩摔，將聖喬治摔往灰燼他們的方向，對著風胥咆哮，「快撤啊！死老百姓！」

風胥遲疑了一下，身形扭曲，發動了泯然眾人。原本他已經跟更逍遙技能分享，但更逍遙卻自己施法破隱。

「快跑！」他掐訣驅劍，落符成陣，一陣強光閃過，轟然沖天、青氣閃爍。只能阻上一阻了……希望這群不靠譜的混帳能跑掉。要是都交代在這兒，被人暴個精光，頭兒絕對饒不了他的。

「我花錢請你們來當大爺？」那個得了命的白癡戰士大罵大跳，「居然讓他們跑了……這個絕對不能跑，殺不掉我就全炒了你們！」

黑衣少年沉著臉殺了過來，和他一起行動的幾個，恐怕都是練家子。

但更逍遙一臉傲氣。這個時候，他不屑自殺，也沒打算放棄……雖然是必死無疑。這些人很神奇的，不受相生相剋的約束。身手比他這個老宅叔叔好太多。

可，那又怎樣？

把他看成待宰的羔羊，那可是大錯特錯。

正準備同歸於盡的時候……他卻聽到熟悉的槍聲，頻率極快，熱血沸騰。接著是十幾把飛刀宛如流星雨般飛入包圍圈，原本更逍遙已經到底的血量瞬間回到七成。

一盤散沙似的冥道主侍從，我行我素不知道配合為何物的他們，卻在這瞬間一起動了起來。黯淡和風胥遠程掩護，灰燼躲著合圍的埋伏走位補血，娃娃扔出了死神鐮刀……嘩啦啦的鐵鍊從中段而出，她握著鐮刀柄，鐵鍊像是無窮無盡，纏繞在更逍遙的腰上，鋒利的鐮刀甚至砍斷正準備把更逍遙捅個透心涼的敵人手臂。

被捲回來的更逍遙挨了幾箭，讓他的血量抵達一個危險的程度。但娃娃一抖鐮刀，半空中收回鐵鍊，聖喬治衝鋒著將他接住，扛在肩膀上就跑。

說時遲，那時快。無人指揮也沒有默契的侍從們，超水準的將掩護、救人、撤退，一氣呵成。沒有人說一個字，卻配合的那樣嫻熟。

這的確是個巧妙的陷阱。沒人相信會是那個白癡戰士設下的。但他們還是全身而退了……因為對方實在不夠了解他們。

白光一閃，六個被包圍的侍從，卻從戰場上消失無蹤。

氣得宏圖霸業的會長（白癡戰士）跳腳，用最難聽的話罵他的部下。

「……老闆，」一個文弱的青年恭敬的說，「沒想到他們會有集體傳送術……我們所擁有的資料實在還太少……實在不是動手的好時機……」

暴躁的會長將他一腳踹到牆上，黑衣少年的臉變色了，殺氣冰冷的緩緩蔓延。

「不服氣？」會長對黑衣少年吼，「踹你哥怎樣？老子花錢是找痛快的，不是找不痛快的！」

青年對黑衣少年搖搖頭，他將臉別開，一臉怨毒。

地下溶洞傳送點。

更逍遙陷入重度虛弱狀態。對方應變太快，發現曝露，立刻發動攻勢。灰燼可以說是邊挨刀邊補血。若不是她死得太有經驗……呃，戰鬥太有經驗，恐怕早就補死了隊友順便補死自己。

「太奇怪了。」聖喬治一臉陰沉，「我對那個渾球的攻擊只剩一半。」

「我居然能補他們的血……」灰燼喃喃。通常她補玩家的血，會出現一個負面狀態「墮落治療」，那個血是嘩啦啦的掉，還有腐蝕效果。

風胥考慮了一下，承認了，「小黑很厲害。」

……誰是小黑啊？所有的人心底都湧出這句話。不要把個可怕刺客取這樣可愛的別名好嗎？

「聖屬性，不能。」黯淡說，「娃娃說，砍起來一樣。」

雖然這樣簡潔，但有石破天驚的效果。

「他們不是鬼靈。」更逍遙開口了，「但也不是妖物。我本來以為是妖族……但我的法術克制不住。」

那是哪來的？

「修羅族，謂之『神敵』，性質卻是『類神』。」更逍遙語氣沉重，「我想，他們應該是從涅盤狂殺移民過來的。」

回去以後，更逍遙凝重的分派工作。

情報工作，當然是風胥頂著泯然眾人去做了。盡快打聽對方是否來自涅盤狂殺。娃娃和黯淡還是專心科研……她們倆屬於中立屬性，不像其他人吃神聖屬性或除魔技能極重，將來開戰她們才是真正的主力。

連小白鴿灰燼都有任務。讓她與聖喬治分頭去蒐集涅盤狂殺的詳細資料。知己知彼才能百戰百勝。

本來更逍遙心裡還有些沒底，怕是，「他說歸他說，明月照山崗」。畢竟這些傢伙除了頭兒有辦法轄治，可是誰說也當耳邊清風。

畢竟團結啊、凝聚力、榮譽啊，在他們這團體的字典裡是徹底缺字兼缺詞。

可又一次的讓他驚嚇了。

風胥立刻跟所有人借了高精神的裝備，把自己的精神堆到精神百倍、精神煥發，恐怕及得上神級Boss了，還是法系的。除了頭兒外，大約只剩下GM能破他的隱。二話不說，泯然眾人，就在大家的面前消失，非常有敬業精神的當他的情報員去了。

連一直都不搭理他的娃娃都牽著黯淡的手，點點頭，和黯淡交頭接耳的討論軍火大業，冷兵器和熱兵器都包了，直奔軍火實驗室。

「那我先下線了。」灰燼招呼一聲，「趁時候還早，我先去翻論壇……對了，大叔，你虛弱狀態需要治療嗎？」

「呃……快好了，不用。」準備滿肚子話好說服這群不靠譜同僚的更逍遙覺得挺難受，一記千鈞重拳打進棉花堆，無處著力的逆血倒流。

「那晚安……還是早安？隨便安了……」灰燼匆匆下線了。

剩下聖喬治和滿臉鬱悶的更逍遙。

「幹嘛？重操舊業？」聖喬治扁眼，「你不幹RL[42]都幾百年了。」問了幾聲，更逍遙只是低頭，「問你話哪！傻什麼？」

更逍遙苦笑兩聲，「……我在想，若是良箴的話，大概不會這麼狼狽。」

「我靠！你不會是愛上她吧？你們槓了幾個遊戲你說！」聖喬治非常鄙夷，「不說暗戀早就不流行，女人這種生物……」

「少來！以前以為她是人妖的時候，不知道是哪個無知少年崇拜得跟前跟後喊大哥。」更逍遙撇嘴。

「喂喂，都幾百年前的事了，別提了啊。」

「我就想打贏她一次。」

聖喬治也沒輒了，「……那還不簡單？你邀她打盤星海，保證幹翻她。」

「切～人不玩戰略遊戲。」

「你傻啊！你那手臭操作……從鍵盤滑鼠臭到感應艙。你啊，還是去玩玩戰略吧，那才是你這陰險人的長處。」

「是啊，」更逍遙承認，「戰略遊戲我能行……可我就愛RPG[43]。」

「那你沒機會了。」聖喬治手一攤，「操作臭，意識慢，連我都比你強些。可一百個我也抵不過一個良大神。」

「誰能像你有野獸般的本能呢？」更逍遙笑，塞了把武器到聖喬治手裡，「可惜腦子不好使。」

聖喬治卻沒有回嘴，怔怔的看著手裡的武器。那是落到白癡戰士手裡的那一把。「你搞屁?!」他吼了起來，「你死在那兒不走，讓我們急出滿身汗，就整這破玩意兒?!」

「順便，順便。」更逍遙乾笑，「反正要斷後了，那白癡又在我旁邊遞太平拳……順手一個五鬼搬運……哪知道他的運氣那麼霉，讓我順了過來。」

看著聖喬治嘎巴嘎巴的折響骨節，更逍遙骨子有些發寒，連忙使出轉移注意力

42：Raid Leader，公會出團時的召集人，戰術運作的指揮官，同時也兼任戰利品的分配者。

43：RPG，Role-Playing Game的簡稱，角色扮演遊戲。

大法，「喂你小子，是不是要我飛去探望你？你再不好好復健，我真飛過去了啊！」

聖喬治臉色一寒，「滾！誰要你飛來？飛機票不要錢？天天這兒見還沒完是吧？」

「喂喂，別四兩撥千斤啊！你那個復健是怎樣？真這輩子都不打算站起來了啊？」

「囉唆。」

「你有種就對你媽講。伯母都告狀到我這兒來了……」

聖喬治臉寒得要出冰凌了，持著長槍，打量著該戳那兒好。可看更逍遙一臉皮皮，他也頹然的收起武器，坐了下來。

他大學的時候玩過復刻版的wow[44]。就是那時候認識了更逍遙和良箴……說認識卻也只是點頭之交——那時更逍遙是頗富盛名的G團團長，良箴是團內第一輸出高手，而他呢，只是G團裡的一個小咖。

對他來說，良箴大神，大叔高手，都是遙不可及的人物。

但大叔和他的大學母校是同一個，都是東南亞華人到北京求學數載，倍感親切。雖然各有緣故離開了遊戲，卻一直都有聯繫。即使他們也離得滿遠的……

一個在雅加達，一個在新加坡。

直到他的前女友開車撞倒他，將他脊椎拖出毛病導致下肢癱瘓。他在萬念俱灰自我封閉後，才和這個老學長失去連絡。

至於他相戀多年的女朋友為什麼會這樣狠心……說來說去，就是他傻。他還相信什麼精誠所至、金石為開，畢竟事先沒徵兆，明明都要訂婚了，突然就分手了。

他要一個理由，女友說不出理由。那時他實在年輕無知，人家都上了新男友買給她的新車，他居然還攔著車問，不撞他撞誰。

為了讓父母親安心，也因為對父母愧疚——孩子長大了卻為了一個破女人拖殘了，反而要讓白髮蒼蒼的爸媽照顧他——他一直表現得很平靜，很溫和，緊緊壓住內心的憤怒和哀痛。

44：WoW，World of Warcraft簡稱，中文譯為魔獸世界，為美國暴風雪公司（Blizzard）出品之網路遊戲。

也就是從這時候開始，他對女性的仇恨飆升到百分之三百，範圍抵達全地球。只有自己的老媽能豁免。

他對語言文字頗有天分。雖然說軟體翻譯早就很成熟了，但是手工翻譯還是有一定市場的——畢竟手工翻譯更精確、更能掌握精髓。為了不成為拖累，他在家翻譯，倒是闖出了小小名號，頗能自給自足。

但是自己的兒，父母親哪會不知道。若是他暴躁亂發脾氣，說不定父母還不會心疼得這樣。可好好一個斯文孩子，病成這樣還這樣懂事溫和，反過來安慰他們……那真是心如刀割一般。

看他一日日沉默，面對自己還強顏歡笑，爸媽不知道暗暗流了多少淚。後來兩人一商議，看別的年輕人玩什麼全息遊戲樂得很，決定也給兒子買一個，聽說在遊戲裡是站得起來的……好歹給兒子散散心不是？

結果老爸一問，看花了眼。一堆遊戲，古今中外的，光看簡介也看不來。後來拍案，不求最好，只求最貴。就這麼一個兒子，還遭這樣大罪，奢侈點怎麼了？咱們家也算小康，難道還供不起這是？

只是這個最貴的遊戲，剛好是地獄之歌……而聖喬治的心理承受度，也完完全全不過關，這才成了侍從之一。

可他能說麼？不能。爸媽花大錢給他散心，還能挑三揀四是吧？再說，當侍從也不錯，吸血鬼選單一開，他眼花撩亂之餘，只見金光閃爍，滿滿的神器……年少時他就愛打寶，現在可是裝備滿身足以推翻所有的Boss啊！而且是單推！

至於女人，無視就好。反正這些女人神經都有毛病。

結果入了遊戲幾個月，才在某次閒聊，發現這個同名的「更逍遙」大叔，正是舊相識。

人生的緣分實在很難說。

「……伯母好像有點誤會。」更逍遙無奈，「我說你啊，你的仇女症也該好了吧？破壞老子的名譽啊我X！誰跟你演斷背山我他馬的……」

聖喬治一臉嫌惡，「哇靠，我比較委屈好不好？就跟你說沒事不要飛來……我媽就好這口，你還給她製造幻想的材料啊你大爺的。」

「這年頭當男人真難。」更逍遙感慨，「跟女人走在一起被閒言閒語，跟男人走在一起更不安全。天亡吾也……所以，你好歹也安生些，乖乖去復健吧。我的名譽啊我X……」

「你去死！」聖喬治大罵，悶悶的回答，「知道了。明明沒有用……唉。」

兩個人沉默了一會兒。有個腐女娘，是兒子和兒子朋友的雙重不幸。

「喂，你真要認真了？」聖喬治覺得很不可思議，「你不是很討厭這種紛爭嗎？還去跨遊戲追查了。其實你只要跟頭兒報告……」

「我不想。」更逍遙打斷他。

「……其實裝備暴了也就暴了。人在江湖飄，哪能不挨刀……」聖喬治倒是想得開。

「我忍不下這口氣。」看著聖喬治的斜眼，他無奈的解釋，「不只是你，咱們這群侍從誰挨刀，我就要那群土匪殺千刀。」

「……狼團重出江湖啊？」聖喬治笑了起來。以前他們的G團就叫做狼團。金主超愛跟的，打手也非常忠誠。因為老狼頭（更逍遙）能保證全團入副本安全。沒辦法，狼團不挑事兒，可敵對的部落敢挑事，他立刻護送金主離開，全團追殺。有回殺到人家主城門口罵戰，裝備紅了又紅，紅了又紅[45]，修裝機器人不知道開多少次，老狼頭都沒退後半步。

這就是老狼頭的風格。

結果他來到地獄之歌，一整個溫柔善良了。只跟著他到處打寶，單純的玩玩。更逍遙自己說，之前那樣玩太激情也太累了。現在他就想隨便玩玩，打打寶，練練操作，設法打趴良箴。

他安靜了很久，笑了。「沒辦法，」更逍遙攤手，「這群神經病讓我想起最初的狼團。」

那是很遙遠，很遙遠的少年回憶。

但也是非常非常珍貴的回憶。

45：一種遊戲設定，用來表現裝備因遭受攻擊或死亡而損壞，當裝備名稱變紅，表示損壞達該裝備不可繼續使用的程度，必須修理，否則附加的能力會一併失效。

「……哥們，你果然老了。」聖喬治凝重的搖頭，「『話當年』就是老化的徵兆之一。」

「死開！老子才三十出頭，老屁！」

灰燼下線的時候，正好是凌晨四點。

她匆匆洗了把臉，就坐在電腦前打開涅盤狂殺的官方論壇……然後就震驚了。

一直以來，她都很不愛看地獄之歌的論壇。她就沒弄懂，為什麼玩個遊戲而已，必須要互相叫戰、互罵狂噴口水戰，從搶怪到搶女人，甚至搶根棒棒糖都能弄上來大作文章，一整個烏煙瘴氣、混亂不堪。

沒想到，她錯了。

跟涅盤狂殺的王霸之氣、虎軀狂震比起來……地獄之歌真是溫文儒雅、含蓄內斂。最少地獄之歌的還會掩飾一下，不會那麼率真的直接問候人家女性親屬，其直接親近到距離等於負數，而且特別關注人家的某些器官，連馬賽克都不打的。

而且地獄之歌雖然來自天南地北的華人，最少大家有共識儘可能的說中文。涅盤狂殺那真是南腔北調，港式中文的俚語就夠她猜的了，哪裡還有辦法架得住注音文和拼音文。加上遊戲裡和遊戲外的憤青，一下子要滅遊戲裡的這國那國，一下子又離題八百里遠的準備滅日屠美……這到底是什麼狀況？

她玩了一年多，勉強搞懂了mt、dps這類比較粗淺的行話，但看到滿篇的fs和撫摸師等等黑話真的完全當機。[46]

看到八點該去上班了，她還是滿臉茫然。終於體悟到，地球真的很危險。

向來認真嚴肅，不在上班時間打屁聊天的灰燼，終於破例了。她在上班時間偷偷的看涅盤狂殺的官網，不禁暗暗佩服，大叔真是強……正如他所說的，修羅族種族天賦是「神性免疫」，不然也不能作為唯一能正面與天人對陣不落下風，讓天界頭疼不已的「神敵」。

但修羅族的屬性並非邪惡，所以灰燼、風胥、聖喬治等於廢了一半，大叔也因此削弱不少……不能仗著屬性相剋在地獄之歌橫行霸道了。

46：兩者是美式簡寫，意指主坦與每秒造成的傷害火力，後兩者是中國大陸慣用的拼音式術語，意指法師與附魔師。

可這些人來作啥？她不懂了。地獄之歌的月費是驚天動地的貴，但發展得很畸形……不管是副本實力還是PK實力，都是曼珠沙華遊戲群當中最弱的。國（城）戰風氣也不發達。最大的特色就是「春城無處不飛花」。

這些人為什麼要花大錢大力氣轉來這兒？人數還很不少……她不但挨刀，還挨了很多法術。

越想越糊塗，她關上官網網頁，盡量的把心思擺在工作上，可她發現自己時時晃神。猶豫了大半天，中午的時候，她打開好友名單，沉吟了很久，終於下定決心傳了一通簡訊。

以前的朋友她都沒有連絡了，而且長年「不在線上」。只是她懷著複雜的情感，一直沒有刪除。

「阿慧？」對方發了一個驚訝的表情。

「嗨，阿東，好久不見。」她微微苦笑，「有點事找你，有空嗎？」

等了一會兒，阿東的訊息才傳來，「我跟尚中很久沒連絡了。」

迷糊了一下，灰燼才恍然大悟。該死，她差點忘了尚中是誰……在一起六年呢！分手時她差點崩潰。結果現在差點想不起人家的名字……姓讓她想了半天才想起來。

「我不是要問他啦！」她苦笑兩聲，「你還玩遊戲不？有沒認識玩涅盤狂殺的人？」阿東是遊戲狂，和她前男友是死忠兼換帖。她實在不知道要問誰，最後還是得問以前那票朋友。

「……妳在涅盤狂殺？幾級？要我帶嗎？但妳怎麼會來？妳還是花點錢轉去曼珠沙華吧！不是不帶妳，只是這兒從上線殺到下線，不太適合妳……」

……好吧，她不小心去按到開關。阿東就這毛病，平常的時候沉默寡言，沾到遊戲的邊就滔滔不絕，水龍頭整個故障，關都關不起來。

灰燼抹汗，幸好傳簡訊，不然當面就得挨炮轟。「不是，我在地獄之歌。」

結果阿東好半天沒回話。她撓頭，現在是怎樣？阿東年紀大了，學會關水龍頭？

「……剛我把鍵盤摔了。」阿東姍姍來遲的回了訊。

「為啥？」

「阿慧，我知道尚中那樣太不對了，彩雲也過分了……但感情的事情不能勉強。可妳也犯不著為了那兩個傢伙跑去糟蹋自己……」

灰燼狂撓頭，什麼跟什麼？阿東怎麼一整個牛頭不對馬嘴。她用查帳的仔細將對話記錄翻了一遍，才驚覺壞在告訴他自格兒在玩地獄之歌。

她有些哭笑不得，「不是，這解釋起來有點複雜……我不算玩家……不對，我是玩家，但不是那種玩家……呃，等等你google一下什麼是『冥道主侍從』好了。我算是半NPC……」

「哇靠！」阿東驚嘆了，「妳是墮落聖徒？我看了影片覺得有點像，可不敢確定……妳真的是地獄之歌六死神之一啊？」

「你怎麼知道？什麼六死神？」灰燼覺得有點不對勁了。

「晚上我請妳吃飯！」阿東超激動的，六死神啊！太酷了這是。

「我在台中欸。」

「高鐵才一個多小時！我去我去！約哪好呢……我先去查美食板，晚點跟妳講啊。我們公會會羨慕死我，我跟墮落聖徒吃飯欸！」

怎麼回事？什麼跟什麼？灰燼一臉茫然的抓頭，怎麼也想不出個所以然。

灰燼抹汗，狂抹汗。

經過一番雞同鴨講、各說各話的痛苦溝通後，她終於弄明白了怎麼回事。

這一切，都是一個淫賊引發的血案。

大家還記得讓灰燼擊殺二十一次的暗殺者「偷香竊玉」吧？（不記得的從頭複習一下）。之所以擊殺記錄止步於此，並不是灰燼想得那樣善良，受到感化的淫賊終於改邪歸正，所以不再試圖暗殺她。

而是屢戰屢敗、屢敗屢戰的偷香竊玉淚撒地獄之歌，絕望的轉去涅盤狂殺了。他的自信心已經被打擊到極點，自我懷疑非常無助，自暴自棄去「殺人放火有理，打家劫舍無罪」的涅盤狂殺。

沒想到有被暴到慘絕人寰覺悟的偷香竊玉，在涅盤狂殺居然混得不錯，在人人皆是ＰＫ狂的世界裡，雖算不上頂尖，也儕身一流高手之列。

他自己也挺納悶，為什麼面對怎樣的敵手他都能保持冷靜泰然自若……後來才恍然實在是墮落使徒實在太強勢，冥道主侍從太剽悍，被他們一對襯，其他的人不算什麼了。

隱隱的，他有點感激這些兇徒。

但是涅盤狂殺的特色是什麼？對，就是PK。安全區小得可憐，幾乎一上線就要繃緊精神迎接PK。看你不順眼要PK，看你順眼要切磋。討厭你要砍死你，愛上你也愛到殺死你。

從搶野外Boss開始，裝備就換手頻繁。劫殺Boss，劫殺敵人和朋友，甚至還有人劫殺自家的NPC城主，你看這風氣有多剽悍就有多剽悍。

公會與公會戰，國與國戰，從城裡殺到野外，甚至從遊戲殺到論壇，徹底實現了春城無處不PK的剽悍風氣。

偷香竊玉初來乍到就闖出個「盜神」的偌大名頭，不免有人很不服氣，遊戲P不贏，論壇指桑罵槐，諷刺地獄之歌庸懦無能，「良大神之後再無高手」。

在地獄之歌的時候，天天恨墮落使徒恨得牙癢癢，但一轉遊戲以後，又有點懷念。看到論壇那些井底之蛙呱呱叫，自鳴得意，偷香竊玉冷笑一聲，把他珍藏已久的偷拍往論壇一貼……立刻引起怒濤狂潮。

不得不說，他當個淫賊實在是誤入歧途，浪費這樣大好天賦。當個記者該多好，搞不好能當到頂尖。當初他為了打敗墮落使徒煞費苦心，狗仔跟拍了不知道多少，連其他的冥道主侍從都在他跟拍範圍內，雖然內容比較少。

所謂知己知彼、百戰百勝，雖然不曾一勝，但的確非常知彼了。他又精心剪輯了冥道主侍從的各自亮相和精采片段，甚至將鑑定術苦練到宗師級，還真有些神器讓他鑑定出來，雖然不能鑑定出所有屬性，但顯露出來的部分就已經夠讓人震驚了。

經過他這樣宛如史詩大片的剪輯、旁白、音樂，加上強悍的標題，六死神之名瞬間在涅盤狂殺轟動了，一整個如雷貫耳。只要是涅盤狂殺的玩家，就沒人沒看過這部影片。雖然說遊戲不同，但整個遊戲群的屬性架構和技能除了名字不同，還是有相通之處。因為墮落聖徒在影片中出現最多，已經成為所有補師奉若聖典的仿效對象了。

技能雖然不能那麼強悍，但走位補血時差和被補師們一起忽略的近戰干擾，讓涅盤狂殺的補師紛紛戾氣沖天，沒事就拿書捶人玩，開始走暴力補師路線。

所以阿東才會那麼興奮，準備了一大本空白筆記簿，準備讓灰燼簽名。

除了抹汗，灰燼真的不知道該做什麼表示。

「你們地獄之歌挺奇怪的哈？我們有人轉貼六死神的影片過去，沒多久就不知道沉哪去了。我聽說這事還挺好奇，以為你們那邊高手如雲……結果過去一看，哇靠！那種『呔！禿驢竟敢跟貧道搶師太』的口水仗被置頂，下面一排求購各色鑰匙，要不就求購食材……你們真是玩遊戲呢？……」阿東滔滔不絕，非常好奇。

灰燼苦笑一聲，面露些許尷尬。地獄之歌都開這麼久了，罪惡之城還滿滿的塞了許多一級的玩家，從來沒出過大門。

能玩地獄之歌的通常不是太缺錢的人。有的人繳了月費的天價，一個月才上來幾次「解決生理問題」。有的是現實因健康所苦，來地獄之歌滿足大吃大喝的願望。

因為官方商城實在太坑人，用金幣交易各色鑰匙、材料、食材比較划算。所以這些富裕的玩家也願意在黑市買些遊戲幣，跟其他玩家交易，省事許多。這讓地獄之歌的玩家非常兩極化，純粹消費的大爺和打金工作室，但對副本進度和PK實力的關注就遠不如其他遊戲。

當然也不排除一些敗家子和小開在這裡「山中無老虎，猴子稱大王」，反正這遊戲別的不多，打工仔特別多，總有人會去伺候這些大爺練功打裝備。

在這種風氣之下，當然發展得挺畸形。

「……其實我跟其他玩家也不太熟。」灰燼承認，「因為我們這些半NPC不能跟玩家交易……某些道具……譬如鑰匙，我們也不能使用。」

她硬著頭皮說明了好一會兒，原本面露欣羨的阿東漸漸瞠目，轉成強烈的同情。「這不是表面風光無限，私底下風雨無助嗎？太慘了。」他感慨。

……風雨無助。本來還覺得這形容詞超詭異的，結果仔細一想，喵低真是太貼切、太淒涼。

繼續這個話題太慘，她輕咳一聲，「那個，最近出了點事情……所以想問問，你們那兒的情形……」

阿東倒是很熱心……畢竟能讓他肆無忌憚的大鳴大放遊戲的聽眾實在太少，尤其這個聽眾不但認真，還掏出小本子仔細的記，讓他的虛榮感得到很好的發揚。

其實他和灰燼不太熟。那當然，兄弟的女朋友他熟什麼熟？對於這點，他倒是超齡的警戒。跟別人的女人混太熟結果都挺慘——他高中一票死黨就是這麼散了的。

別人罵紅顏禍水，他倒覺得，若不是阿堯跟小光的女朋友太熟不拘禮，也不至於混到床上去。罵女的幹嘛？難道一百八的阿堯還能讓那女人強X去？兩個都不是東西，別光罵一個。

後來他對別人家的女朋友、老婆，都非常客氣，也非常疏遠。

但他對灰燼的印象是很好的。靜靜乖乖的，很中庸的一個女孩子，氣質很不錯。要娶老婆就要娶這種的，他很為尚中高興……本來。

可灰燼挺傻的，居然把她的好朋友帶來他們的圈子。

彩雲，那就是一團火。是男人就會偷偷私嚥口水，晚上那啥的時候，大概不想AV，直接拿她當女主角了。就算她大學畢業就嫁給有錢人，也沒減損她絲毫魅力。

太單純了，傻女孩。

結果呢？追求愛情有好下場嗎？事情發生的時候，要不是灰燼太歇斯底里，大半的人應該會同情她。有的人讓她扯煩了，說了些很不好聽的話，未必就不後悔，也不見得就支持尚中和彩雲。

最後灰燼不鬧了，搬家又辭職，就這麼消失不見了。這麼一個單純又待人真誠的好女孩，其實都壓迫他們這些朋友的良心……即使她不過是尚中的加一。

尚中和彩雲還是沒有結果。彩雲不肯離婚，尚中不肯當小。尚中大概是動了真情，跑來他這兒喝醉好幾次，痛哭失聲。阿東只能心底嘆氣……因為灰燼也打電話跟他慘哭過。自己兄弟，你又不好跟他說什麼報應不爽，太落井下石了。

但這事兒還是對他們這票朋友產生了很大的影響，連絡日疏。因為女生發現彩雲會跟自己男朋友或老公訴苦，殷鑑不遠，誰也不想自投羅網。

阿東衝口而出，「尚中和彩雲，分手了。」

從眾多遊戲資料中，突然天外飛來一筆，抄筆記抄得太認真的灰燼順手抄上去……兩秒鐘才反應過來，慌忙劃掉。「是喔。」語氣很淡然，「你們那兒真亂，天天打架不膩喔？對了，我打聽一個戰士……反正是穿重甲的，你認識不？他說話很白癡，老愛說什麼我的長槍早已經……那個啥的。」

就這樣？阿東瞪著淡然的灰燼，不知道該為兄弟惆悵，還是該為灰燼高興。能放下總是好事。

頓了頓，他說，「『我的長槍早已經饑渴難耐』？那是烽火連天吧。他的公會剛被血玫瑰碾散了啊！我還以為他刪號[47]了，沒想到是去地獄之歌……這傢伙仗著幾個臭錢橫行霸道，技術很爛，就個敗家子……可涅盤狂殺的有錢人他還排不上號呢！……」

灰燼挖到了很多有用的資料。果然有些東西光在論壇死看是沒有用的。第一手資料，還是得由玩家手中取得。

但她發現，這值得高興，卻不是她真正高興的緣故。她的笑容越來越掩不住，最後伏案咯咯笑了起來，越笑越大聲。

阿東啞然，「……我剛說了啥？這麼好笑？」

「呵呵，」灰燼抬頭，笑得那一整個甜，「我是壞人……但是當壞人實在滿愉快的……希望上帝能原諒我。」

阿東雙眼和腦袋上飄滿問號。

「他們分手了。我非常之幸災樂禍。」她大笑了一陣子，擦了擦眼角的淚，「上帝饒恕我的壞心腸。」

但她的表情根本不是那麼回事……那麼心滿意足的女人。阿東感慨。女人心眼不但很小，而且非常缺乏寬恕的精神。

最後阿東答應幫她多蒐集點資料……畢竟許多事情他也只是泛泛而聞，知道得不夠詳細。但是身為一個遊戲迷，這樣跨遊戲又牽涉到高層的大事件，能插一腳實在太令人興奮了……就算跑龍套也好。

阿東揮手和灰燼道別，心底不是沒有絲微遺憾。太可惜了，美慧跟兄弟有過一段。雖然很欣賞她，也覺得跟這樣的女孩子過日子應該很棒……但他是個崇尚簡單的

47：刪除進入遊戲所必須使用的帳號，比刪除遊戲角色程度更重的行為，因為一個帳號內通常可以有一個以上的角色。不過在玩家之間，不一定嚴格區分兩者詞義，大多數時候都是混用。

人。

打小一起長大的死黨，分量不是一般。愛情來來去去，兄弟可不一樣。年紀越大，朋友越少。他不想把自己單純的生活變得混亂……真讓他追上美慧，跟尚中怎麼見面？尷尬死。

但當個朋友就沒啥問題……想想看，墮落聖徒欸，六死神之一！而且他還拿到簽名了……誰能有啊！他來赴約的時候，自格兒公會的會長羨慕個賊死，死賴活賴要他寄簽名去……也不管寄到加拿大得花多少時間。

他露出單純的笑容，興沖沖的上車。雖然他比灰燼還大一歲，可是心態上還是很彼得潘，電動和兄弟比女人重要多了。

灰燼的心情也很好。雖然夾雜了一點點懺悔，但更多的是愉快。

她知道，完全知道，應該要慈愛、寬恕、原諒……她知道幸災樂禍不對。但她畢竟是個凡人，並不是聖女。

主啊，原諒我。她低聲禱告。我想您會原諒我……反正我是墮落聖徒。

她面帶微笑的上線，時間稍微晚了點。

但她的愉快只維持到她看清楚了坐在祈禱室前的風胥，就消失無蹤。

他的樣子很淒慘。一隻眼睛只餘血洞，半張臉皮幾乎被割下來，右前臂乾脆沒有了，左手夾著菸的手微微顫抖。

灰燼的怒氣緩緩上升，心火越來越旺。他那樣高精神的狀態，除非自己解除，不然不可能這麼狼狽。她知道風胥對小黑非常在意，而他對越在意的人越想動刀。

這根本就是自找死路。

「你啊，為什麼老愛做這種危險的事情！」她大聲了，「三重重度傷殘加瀕死效果！我要治多久？今晚我啥事都不用做了！……」

她知道自己很刻薄，但不這樣，她沒辦法壓抑心疼的感覺，眼淚也會跟著掉下來。她很生氣，非常生氣。她覺得風胥一點都不愛惜自己……他可是痛覺百分之百的，不像她才只有百分之五。

風胥看了她一眼，冰冷的怒氣漸生，搖搖晃晃的站起來，轉身就要走。

「站住！」灰燼厲聲叫住他。

她果然生氣了，而且非常生氣。

從他把自己搞得非常狼狽以後，當戰鬥的狂熱褪去，他就開始惴惴不安。發現聖喬治那個二百五治不好他，他的不安就越來越升高。

他有點害怕……對的，他這個殺人狂居然害怕起來，害怕灰燼發怒。但他又為自己這種害怕感覺到非常唾棄和暴躁。

我根本不用怕她生氣。她生不生氣關我什麼事情，而且她憑什麼對我生氣……我喜歡、我甘願受傷，她愛治就治，不愛治我就躺兩天，又不會怎樣。

我們又沒有任何關係……我跟誰都不會有關係。他看著那個護士兩年，非常明白，比誰都明白……送花只是強迫自己做個End。

誰都有可能有……但他絕對沒有。可他沒辦法約束渴愛的、依舊年少的心，沒有辦法徹底悶死埋葬。他非常痛苦，並且束手無策。

因為我有病，我生錯年代，我是反社會者。

所以他不敢細想灰燼為何生氣，不敢細想他為什麼怕灰燼生氣。那是碰也不能碰的想法。

他不敢失去灰燼這個唯一的朋友。

所以他抽身就走，罔顧灰燼喊了什麼。可心火旺盛的灰燼上前扯住他的左手臂，「別跑！你這樣一身的傷……」

完了。風胥徹底的絕望。我要失去她了。

他完全沒辦法控制的操縱一把匕首割向灰燼的咽喉，發出受傷野獸般的暴吼，飛快的掐住灰燼纖細的脖子，那把匕首幾乎把他的手掌抹成兩半。

風胥在哭，卻不是因為疼痛。

是絕望，非常絕望。生命中唯一的蜘蛛絲要斷裂了。他終於還是……沒能控制住自己兇殘的天性，對自己唯一的朋友、在意的人動手了。他很想鬆開手指，卻更想掐斷灰燼柔嫩的脖子。

最後他操縱的匕首迴旋，齊腕割斷了自己的左手。看著又喘又咳，臉孔漲紅的灰燼……他真的心如死灰。

他要離開，他要下線。他背過身，決定立刻下線……灰燼卻撲上他後腰，用力抱住他，「去哪？下線可不會好……你現在可是四重重度傷殘！馬上要掛了啊！」

天籟似的治療術不斷的降到他頭上。

風胥低頭痛哭，眼淚混著血，一滴滴的落在胸前……有一些滴在灰燼的手上。

重度傷殘效果是非常麻煩的。

普通玩家若弄丟了自己的手、腳、五官，就會弄出這個效果。在這種效果之下沒辦法回血，就算是技能也不成，只能靠補師補血，而且玩家補師是沒有能力肢體重生的，只能抬回各種族的高級靈巫那兒花錢治好。不然就得躺個幾天等自己長出來……而且下線時間是不算的。

當然，侍從們幸運一點，他們唯一的補師會重生術。不過大部分都不會把自己搞得這麼狼狽。

像風胥一次搞丟四個零件，還真絕無僅有。但每次施展重生術，不但技能冷卻時間長達一個小時，一次只能重生一個丟掉的零件，施術者要拚掉所有的魔，還得付出三分之一的血量，並且附帶一個「精神疲憊」的效果，所有屬性下降，移動速度只餘百分之二十，而且施術者會感到極度疲倦。

雖然灰燼的手抖得厲害，卻還是用顫抖的手覆蓋在風胥失去的眼睛上，施展了重生術。

他們兩個的臉色都很蒼白，也相同的沉默。風胥默默無語的垂首，異常溫馴的讓灰燼沾著祈禱室外的小噴泉，慢慢的將他臉上的血污拭乾淨。

他在等，等待死刑判決。不願意灰燼憐憫他，可也害怕灰燼不憐憫他。但他還是沒說話，用著過往相同的韌性，沉默的等待命運再一次狂笑著將他碾碎。

這不是第一次，當然也不是最後一次。

只是他的心，卻意外的平靜，放棄一切的平靜。

其實他還隱隱的有一點高興。灰燼很衝動……大概她還沒搞清楚發生啥事，只是本能的拖住他，幫他治傷。灰燼一直很好、很善良。他這樣的人，也能沐浴在她善良的光之下……這世界並非只有黑暗。

這樣夠了。他總算有些什麼可以回憶，不是只有血腥和瘋狂。

其實，我挺害怕的。望著自己抖得厲害的手，灰燼默默的想。在風胥掐住她脖子時，她害怕極了，想要逃得遠遠的……那瞬間，她忘記這只是遊戲。可能是，非常可能，她盲目的信賴風胥，一直堅信風胥不會傷害她……

可是他瞬間爆發的瘋狂和殺意，把她的信賴和信心擊個粉碎。這比瀕死經驗還可怕……被自己信賴的人傷害。

所以到現在，她的手還是抖個不停。她終於意識到，風胥的確是精神病患，一個殺人狂。有的時候，他還是會控制不住自己。

之所以她還在這裡，是因為風胥竭盡所能了，他甚至把自己的手切下來，明明要承受百分之百的痛苦。但為了不掐死她，他還是這樣做了。

甚至，他也不是想掐她脖子，而是為了擋住他發出來的匕首。

風胥什麼都肯跟她說，甚至告訴過她，他是不怎麼殺女人的，除非真的很喜歡那個女人。

但她不敢去想，風胥為什麼突然湧現對她的殺意。她甚至不敢深想，為什麼會對他發怒……她不敢。

那太困難，太不可能。而且註定是悲劇。

可她也不想失去風胥。

的確，她是個自由人。但可悲又可笑的是，她是個孤獨的自由人。她沒有什麼朋友，跟同事的關係也很泛泛……她實在對美容、減肥、明星、偶像劇一絲興趣也沒有，甚至對美食興趣缺缺。

跟阿東吃過飯，她更深刻的理解到，若不是還有遊戲這個話題，她跟阿東也不會有什麼交集。

生活圈的狹隘，導致人際關係的貧乏蒼白。而且，她發現，自己再也不能相信誰了。

她終於領悟到，唯一還能跟她說兩句話，相處起來感到靜謐的，只有一個迷惘的殺人狂……還有喜怒無常的頭兒。

看著還沒被系統刷掉[48]的，風胥殘破的左手。她抓著自己的胸口，覺得窒息、

48：被系統刷掉，一種伺服器清理多餘物件的模式。為了保持系統運作順暢，避免記憶體被無意義的物件占用，因此像是屍體、血跡、垃圾等，一些沒有必要長時間存在的物件，會像自然風化般被清理掉。

生哭。

疼痛。她很想哭，非常想哭。為自己蒼白荒蕪的人生哭，為風胥摧殘得僅餘廢墟的人

掙扎，並不想失去他。

她想哭，因為自囚的風胥如此賣力掙扎，因為她發現，她居然還是信賴風胥的

啞，「……小黑，怎麼樣？」

重生了風胥的左手，長長的一個小時過去了。灰燼終於開口了，嗓音有些嘶

笑。其實挺難看的……可他覺得很美。

風胥愣住了，抬頭看著蒼白疲憊的灰燼。雖然有些扭曲，不過她還是擠出一個

他被原諒了。

「小黑，很厲害。」他謹慎的說。

「你丟了這麼多零件，我想也是……怎麼個厲害法？」

「很快，非常快……」他壓抑著自己的興奮，「跟他對手……很好玩，非常、

非常……」

「下回帶我去，好嗎？」灰燼情緒穩定了些，「最少不會拚到掉零件。」

「呵呵。」風胥笑，溫馴的回答，「好的。」他想想又說，聲音很小，「……我會保護妳的。」

灰燼終於哭了起來。

不是嚎啕，是吞聲。

但這種吞聲的哭泣比號啕大哭更讓人心碎。

灰燼只覺得心痛如絞……她實在怕痛，很怕痛。特別是這種心靈上的撕扯。顫顫的，她掏出斷意果，想把這種久違又令人畏懼的痛苦趕得遠遠的。為了害怕這種痛，她成了頭兒口中的「毒蟲」。為了害怕這種痛，她甚至有意無意的保持了孤獨，讓自己活得鈍感一點。

但她正準備把斷意果塞進嘴裡，看到風胥垂著眼簾，臉上一行透明澄澈，一行血淚闌干。

就在這個時候，她覺得和風胥這樣的親近。他們，都是心靈上有著無可奈何的、無法癒合的創傷，保持著小心翼翼的潔癖。

她還有斷意果可以依賴，風胥就只能忍著。

實在她願意也給風胥一顆，但頭兒管制得很嚴，不管她有多少存貨，一天也只能拿出一個來。

「匕首……借我一把。」她有些沙啞的說。

風胥抬起闌珊著淚痕的臉，滿是困惑。不過他小心的放下一把匕首，輕輕推向灰燼。

然後他瞠目看著灰燼賣力的在那顆斷意果上頭鋸了又鋸，卻沒能切開堅韌的果皮。

「怪了，」鋸得滿頭大汗的灰燼咕噥，「一咬就開了啊……怎麼切不開？」她仔細觀察斷意果……結果在物品說明底下，有一行小得幾乎看不清的小字：「利器免疫」。

「靠！」灰燼大罵了一句，怒氣沖沖的拎著匕首和斷意果就跑，風胥還摸不著頭緒，她夾著一個藥缽跑回來，一臉困惑，「吸血鬼今天吃錯藥？沒跟我收租金就借我藥缽？」

風胥張了張嘴，還是沒說話。他剛把自己吃飯的傢伙借給灰燼了……那把匕首兇名為「寂靜」，有二十趴機率可以無視防禦和物理法術反彈，而且，對血族傷害加倍。

拎著這種兇器，吸血管總管那種老油子自然傻傑了一把。

他抹汗。不知道吸血鬼會不會把帳算在他頭上……畢竟是他借給灰燼的。

幸好斷意果只是利器免疫，不是所有免疫。看灰燼咬牙切齒、不共戴天的砸那枚倒楣的果子，他不敢想像萬一藥缽無效的時候，她會不會跑去跟黯淡借炸彈。

「妳……灰燼，妳要做什麼？」他小心翼翼的問，謹慎的把自己吃飯的傢伙收起來。

「分你一半。」灰燼頭也沒抬。

「……我？」又酷又猛的殺人狂茫然了，「不用吧這……」

「我討厭這種感覺……我知道你也不喜歡。我不要心痛，也不要你心痛。」她很固執的砸斷意果，真該死！輕輕一咬就碎的破玩意兒，居然砸半天還只有裂縫，喵低，莫非要我用嘴咬？她是聽說中藥有「咀片」這種說法……但顆破果子也敢上升到中藥的程度……靠北走啦！

在怒氣加成和禁斷症狀加成中，灰燼在藥缽完蛋之前，終於把斷意果碾碎了。她掏出一瓶靈水，咕嘟嘟的沖進藥缽，攪拌均勻後，很公平的分成兩杯。一杯推到風胥的面前，一杯仰脖喝了下去。

風胥真的很感動，灰燼這樣的心意非同一般。誰都知道她會在地獄之歌堅持下去，就是因為斷意果中毒。對她這樣珍貴的東西，她卻願意跟他分享。

但是……但是。眼前這杯「飲料」，像是翠綠色的岩漿在翻滾，冒著泡泡，飄著可疑的氣味和翠綠色的薄霧。怎麼看，都不怎麼吉祥，而且杯子正在腐蝕中，耐久不斷的下降。

這「果汁」，真的……能喝嗎？

可是灰燼已經快喝完了。

他一咬牙，不就是杯……果汁嗎？什麼東西他沒吃過，連吃完不久就抽搐休克的新藥都嚐過了——不過那次是藥物過敏——灰燼都敢喝了，他一個男子漢不敢嗎？……

所以，他喝了。

感覺？哈哈……

曾經有一份恐怖的果汁，擺在我的面前，但是我沒有在意。等到了喝下去的時候，才後悔莫及，塵世間最痛苦的事莫過於此。

如果上天可以給我一個機會，再來一次的話，我會跟那個女孩子說：「我能不能不喝？」

如果非要把這個願望加上一個期限，我希望是一萬年。

風胥後悔不已的大段OS，卻必須淡然的直面眉目舒展，眼神清澈穩定的灰燼。

「看起來有點恐怖……我不知道加水以後會有這種變化。」灰燼微笑，「但喝起來還不錯對吧？」

「……對。」風胥表面淡然，內心開始哭泣了。

「感覺怎麼樣？怎麼樣？」灰燼眼神發亮，「有沒有覺得心靈受到洗滌，心痛也麻木許多？」

我感覺到……像是吞了幾百條蚯蚓啊姊姊！妳怎麼有辦法忍耐這種東西……現在喉嚨還有蚯蚓滾的殘感……今天他別想吃得下任何東西了！

雖然我是殺人狂，但也只有部分故障，身為人類的其他部分還好好的啊！他真想淚奔。

可是在她無辜純潔的眼神下，他屈服了，「……有。」

上帝原諒我滔天的謊言，請寬恕我。他在心底暗暗的懺悔。

但說謊果然沒什麼好下場。

因為灰燼跟他分享了一個禮拜的「果汁」，直到他鄭重誠摯的說明，他不但不再心痛，而且對灰燼偶發的殺意都消失無蹤了。所以，這樣珍貴的果實，灰燼獨享就好，省得讓頭兒知道會不高興。

這次，他真的是誠實的。

「頭兒是很厲害的，對吧？」灰燼燦笑如花。

「不愧是頭兒的特產。」他承認。

「……你這話怎麼聽起來有點兒彆扭？」

風胥有些惆悵的想。據說上個世紀，有人用電擊那啥的治療強姦犯……聽說效果很不錯，只是人道組織用「侵犯人權」這樣的大義制止了。

雖然這樣對比不太對勁，但他喝了一個禮拜的綠色岩漿滾泡飲料……的確消滅了對灰燼的殺意。其實說消滅不太對，應該說，只要偶爾湧起那種殺意，就會聯想到那杯噁心到催人淚下的果汁，殺意馬上像是夏天的雪花，嘁的一聲化成虛無。

灰燼沒去當精神科大夫實在可惜了。

當然，這對少年少女（有點超齡……）細緻糾結的心理活動，其他同僚一無所覺。

娃娃和黯淡不用提了，她們的病情讓她們完全超越了凡人的境界，沒那種困擾了。只萌虛擬偶像的更逍遙和萬年仇女的聖喬治，乾脆情感神經全面壞死，更不用指望。

其他同僚一心撲在怎麼找回場子上頭，在半個月的努力後，還真的有些結果了。

已經和好如初的灰燼和風胥，目瞪口呆的擠在娃娃的鐵匠鋪，正在看軍火展示。更逍遙和聖喬治眼睛都直了，看起來比他們還傻。

宗師級軍火專家和宗師級鐵匠（武器專精）攜手合作，果然是一鳴驚人。

娃娃傲然的拉動，她手底的龐然大物發出「嗡……轟轟轟」的巨響，聲音非常低沉、震撼……讓視覺的震懾力上升了百分之百。

熱兵器和冷兵器的完美結合，令人望之膽寒、聞之喊娘的大殺器……電鋸。

其實應該稱為鏈鋸……不過，你懂的。沉重、霸氣，適合劈、砍、掃，極高機率附帶撕裂出血效果和重度傷殘效果。動能為火元素魔法極度壓縮，可連續運轉一個月，只有一點點不穩定，偶爾會爆炸或熄火。爆炸可以和敵人同歸於盡，熄火的話……沉重的重量讓它立刻從利器轉為鈍器，內出血保證。

最重要的是，經過兩位宗師的改良，即使是毫無力量加點的灰燼都能輕鬆揮舞……附帶重力減輕效果（技能開啟條件：冥道主侍從）。

不得不說，這是地獄之歌劃時代的創作，史詩級武器的一大躍升。這比製造槍枝困難太多了……電鋸的零件不但比槍枝多很多，而且沒有圖紙。完全是兩個人孜孜不倦的研究，而且用精益求精的精神手工打造出來的，可說是神器中的神器。

但是在場的同僚，湧出相同的心聲：我不想扛這個上戰場。

「面具……在哪？」更逍遙情不自禁的問了。

「面具？」黯淡有些迷惑，拿起焊接面具，「這個？」

「她們沒看過《德州電鋸殺人狂》。」聖喬治抹汗。

「若連面具都做了，我還真不知道該說什麼……」更逍遙抹汗。

灰燼沒說話，謹慎的望著風胥，他心底一緊，連忙密語，「殺人狂也分很多種……我不是全力量加點，喜歡扛電鋸那種。」

「……那個，我也不方便扛著補血。」灰燼回密。其實是她不想扛這個出去……太顯眼也太丟臉。

這兩位宗師對眾同僚的婉拒表示不解。這是很完美的殺人武器，尤其針對那些修羅來說……因為電鋸屬於無屬性高物理攻擊，誰來拿攻擊都差不多高，完美彌補了同僚的屬性相剋缺陷。

重要的是，沒有職業、屬性、等級需求。幾乎沒有缺點……爆炸和熄火的缺陷微小到可以無視不計。

但因為她們倆都沒看過老片子《德州電鋸殺人狂》，同僚們不知道怎麼解釋。坦白說，若他們六個都扛著電鋸出門……

你能想像御電鋸飛行的蜀山劍俠，持電鋸衝鋒的狂熱聖騎，拎著電鋸捅人的狂信者刺客，和舉著電鋸補血的墮落聖徒嗎……？

眾皆抹汗，狂抹汗。

場子就算找回來，恐怕對方是笑死的……當然也不排除是嚇死，或以上皆是。

更逍遙趕緊開啟逢迎拍馬天賦，呼嚨兩個單純的宗師找不到北，讓她們真的相信這樣的超神器絕對有隱藏適性和天命所歸，只適合娃娃這樣的戰鬥天才。

趁她們倆眼睛和腦袋同時冒金星和銀河系的時候，更逍遙趕緊話鋒一轉，來招乾坤大挪移轉移所有人的注意力，總結歸納了最近一連串不尋常事件的起承轉合。

大約半年前，冥道五大種族殭尸、夢魅、血梟、人魂、魍魎的君王，簽訂密約，準備要推翻冥道主了，大量的發出挖牆腳任務。但是各族君王都遭遇到很大困難。

畢竟開服已久，冥道主的勢力根深柢固。雖然玩家是種最沒有忠誠度的生物，但也聰明得很。冥殿聲望不好升，累積這麼久了，好處可不少。五大君王的任務看起來很美好，到底還是水中月、霧裡花……萬一不成呢？

冥道主美得天崩地裂，但手段也是很殘的……更可怕的是，非常陰狠。眾多先烈都讓大部分的玩家打消試圖坑冥道主的主意。坑都別想坑，還背叛？萬一讓他趕出罪惡之城呢？往哪哭去？

大部分的玩家都抱持著觀望的態度。讓五大君主去鬥冥道主吧……若是成功，到時候改換陣營就是了，又沒損失。

結果這五大君王只有狡詐的尸之君主成功的勾引了三大公會。普通玩家對冥道主觀感還不惡，這三大公會可是恨之入骨。而且普通玩家的戰力遠遠不如有組織、有紀律的大公會。

照尸之君主的計畫，利用三大公會置換靈魂熔爐，蠶食鯨吞冥道主麾下的玩家和NPC，在未來的大決戰贏得勝利的砝碼。畢竟冥道主雖然全知全能，卻也不能分身千萬監視，何況他們有足夠的能力可以施展魔法屏障遮蔽冥道主的全知全能。

若是順利，可能等大決戰時，冥道主手下的勢力早就被分化削弱了。

所以尸之君王叮嚀復叮嚀，要這些「開國忠臣」低調行事，不要引起冥道主勢力的注意。

好死不死的是，這個摩門特，「六死神」的影片在涅盤狂殺轟動了。正混得很不如意的烽火連天，看到了這個影片，又稍微打聽了一下地獄之歌的現況……宏圖霸業還給了他一個非常誘惑的消息。

傳奇級陣營任務，神器的強烈吸引力，和地獄之歌貧弱的實力，讓他看到了自己的天命所歸。

原來這一切，都是為了讓他了解真正該稱王稱霸的所在。

所以他毅然決然的帶著幾個酒肉朋友，聘雇了一個精英團轉服了，並且非常大手筆的收購了宏圖霸業這個公會。

但出身於春城無處不PK的涅盤狂殺，烽火連天堅信，實力才是真理。才會豪放的出大單，想要擁有冥道主侍從所有的神器。

他的心願宏大，也取得部分成果。可和尸之君主低調的本意相違背，引起侍從們的注意了……

「真有錢。」灰燼感慨。

重點好像不是這個。風胥默默的想。

「敗家子。」聖喬治順著離題。

「同上。」黯淡還是這樣簡潔。

……這群傢伙除了劃錯重點和離題八百里遠，能不能切題點？風胥有些悲傷。

「那個『饑渴難耐』也不是純草包。」更逍遙離題的很凝重，「若真的冥道易主，作為開國功臣的公會會長，的確可以大撈一票……現在他花的錢都能撈回來。」

看著眾同僚疑惑的眼神，更逍遙挺有成就感的。「曼珠沙華遊戲群……或說全息遊戲有個未經證實卻可信度很高的小道消息，」他壓低聲音，「官方對遊戲內世界的掌控力很弱。」

「這是事實，不是小道消息。」風胥忍不住跟著離題了。

更逍遙攤手，「上回有個藥廠讓GM帶來見頭兒，你們記得嗎？」

「……賣小雨衣那家？」聖喬治忍俊不住。那傢伙真是膽大包天，想要在地獄之歌賣商品兼打廣告。下場當然很慘……因為他開口就稱呼「高貴的女王陛下」。連性別都沒搞對，就敢來見頭兒……只能說是純粹的找虐。

「其實曼珠沙華系列的頭兒們都很有個性。」更逍遙說，「他們都不讓人打廣告。但是……別的全息遊戲，就算主題是『魔法與劍』，商店賣可樂或啤酒補充魔力，吃麥當勞或披薩哈回血。回復HP或MP的藥物，更是被各大藥廠占據……」

他們精神上可能都有點問題，但沒個是笨蛋。

妖界的精神領袖是醫君，但三十一國國主擁有共同參與權，大部分是NPC，怎麼投票都不會違背醫君的旨意。修羅道的領袖是阿努王，分列四國，阿努王實力最強悍，卻也只是四分之一票，照修羅諸王強悍的性格，絕對不會讓廣告闖關的。

只有冥道一人獨大，冥道是諸界諸道唯一完全統一的世界。只要冥道主點頭，廣告就能闖關。以後他們就得喝可樂或啤酒回魔，啃漢堡或披薩哈回血，穿的衣服有各大服飾公司的LOGO，武器上面搞不好還打上新力或聲寶的商標和廣告詞……夠了。齊齊起惡寒的侍從們趕緊打住自己沒邊際的想像。

「這種事情不能發生。」更逍遙沉重的總結，「讓廣告入侵的全息遊戲，壽命都會減短很多。」

「……」

聖喬治點頭，「我寶還沒打夠呢。」

「我們……是不是跟頭兒先說一下？」灰燼有些擔心的問。

所有的人都看著她，眼神都有憐憫，連娃娃都不例外。

「別這樣，」風胥還是很維護她的，「她只玩過這個遊戲，是個天然的小白鴿。」

「也是。」更逍遙嘆氣，「妳覺得動靜鬧得這麼大，頭兒會不知道嗎？」

「呃……」

「這應該是個大型陣營任務，」聖喬治接話，「遊戲群的共同特色之一，就是國戰。但是冥道卻是完全統一，冥道主壓制所有君主的局面。官方對遊戲內世界的約束非常薄弱，但不代表系統大神的約束也同樣薄弱。簡言之，冥道現在的狀態不符合系統大神『平衡』的原則。」

「所以，頭兒很久沒出現了。」風胥補充。

灰燼心頭一緊。是啊……頭兒好久都沒出現在冥殿了。任務都是吸血鬼發出來的。

頭兒心裡，一定很不好受。他那樣驕傲又貪念旺盛的人。得眼睜睜看著別人挑戰他的權威，卻只能白看著。

「我不管什麼陣營任務不任務的。」她喃喃著，「我是頭兒的侍從。他是不是冥道主宰都要跟著他的。」

小白鴿歸小白鴿，但灰燼的話提醒了他們。雖說各有緣故，但若冥道主戰敗（有系統大神的支持，似乎並非沒有可能），他們的身分和陣營就有些需要選擇。

當然效忠新的冥道主也沒什麼不行，他們的既有福利應該不會受到傷害。反而隨著舊主流亡，就會非常艱辛，所有的聲望和吸血鬼管家的裝備補給，冥殿所在的高階工作室，全部不會有了，不知道還有什麼懲罰。

但他們都有點不太正常，所以最好的方式通常不是他們喜歡的方式。

「我是託管的，也不想換頭兒。」風胥淡淡的。

「頂。[49]」黯淡拉著娃娃的手一起舉。

「所有君主，咱們頭兒是最好看的一個。」更逍遙攤手，「其他什麼歪瓜裂棗……」

「沒錯，就他看起來人模人樣。」聖喬治點頭。

於是開始離題，冥道各大NPC頭目都被拿來點評一番，容貌氣質等等都上了評

49：網路用語，來自關於論壇討論串可見度的一種發文現象。在文章數量大的論壇內，討論串可以占滿數頁到數十頁，大多數人不可能有精力閱讀所有的文章，因此最前面的一兩頁通常最多人閱讀。在此情況下，討論串本來根據回復數量與回復時間排序的設計，便被利用來移動該討論串的位置，以便讓更多人看見，這種發表回復將文章往前推的行為，通常就稱為頂。

價表……又從NPC排行榜跳到現實的選美，又從現實選美飛躍到動漫畫的選美，然後是虛擬偶像孰勝孰劣，又從這個話題跳到涅盤狂殺之後會再開哪個道還是界……

風胥看著這些討論得熱火朝天的同僚，不禁納悶起來。這個嚴重劃錯重點兼離題的毛病，到底是怎麼慣出來的。

＊　＊　＊

「看起來，你的侍從對你很忠心哪。」白衣人遮到鼻尖的帽兜，只看得到玉白的下巴和完美的微笑，「明明你對他們那麼壞。」

「哼。」冥道主沒回應，只是下了一子。但脣角微微彎著，洩漏了他的得意。

「認輸吧，你沒活路了。」

白衣人拈著黑子沒動，「那些應該都是我的人。」語氣很抱怨。

冥道主終於捨得抬眼看他，「這是人格魅力。鳥人不會有，放心吧。」

一拍棋坪，白衣人乍現三對雪白羽翼，嚴厲光白的殺氣沖天。冥道主卻早他一步將所有棋子鎖死在棋坪上。「老套了你。想藉機賴棋？想得美。」他攤手向上，動了動手指，「願賭服輸，拿來。」

白衣人僵了僵，訕訕的扔了條項鍊。「設計神器也是費力的！欺負我們天界還沒開服[50]，一樣樣往你家搬……」

「你去跟系統那破玩意兒抗議，別抱怨給我聽。」冥道主老神在在的收了項鍊。

白衣人沒搭話，好一會兒才問，「你覺得，綠方的魂魄是不是在系統裡？」

「傻個巴唧，綠方死的時候，系統還沒影哩。」冥道主嘲笑他，「我才懷疑你們那邊扣留了綠方，不然怎麼可能死到不見。」

「少來，是你們扣留的吧？」白衣人哼了一聲，「我們搜不到的地方只有你們這群陰險卑鄙的傢伙。」

冥道主陰著臉凝電為刃，環繞著渾沌，「想死？」

白衣人乍現三對羽翼，聖光嚴厲，「來！」

50：開啟伺服器。

互相兇狠凝視，一觸即發，空氣帶著霹哩啪啦的靜電時……兩個又收兵了，各收各的棋子。

因為他們各自收到系統警告。

「這破玩意兒。」冥道主很不滿。

「早晚砸了他。」白衣人難得意見一致。

默默又下了半盤，白衣人忍不住開口，「你說，我們是不是都讓綠方坑了？」

「這還需要問？」冥道主沒好氣，「當然，你們也可以不要讓她坑……」

「好讓你們獨大？」白衣人冷笑了，「笑話。」

綠方是個罕見的「夢境漫遊者」。

夢境是無數世界的迷宮與門戶，能在當中漫遊的都不是泛泛之輩。她像是個吟遊詩人一般，漫遊過無數世界，只是清醒的時候記憶非常薄弱、混亂。

許多神靈都對她有興趣，不論正邪，但她都能機警的逃脫，用清醒嘲笑他們。甚至用錯誤、薄弱、混亂的記憶，寫了一個龐大的劇本，構成三界六道的虛擬世界，一個充滿陷阱的邀請卡，然後藉著死亡狂笑著遠遁了。

眾神靈對她充滿憤怒，但對她的邀請卡卻沒有抗拒力，反而試著幫助人類完成了編譯器，好實現她的妄想。

神靈若要越強，就必須仰賴人界歷練，所謂分身多重，自裂一絲魂魄入世歷劫。但這是很不安全的……人間非常危險，往往這絲魂魄去了歷劫不成，反而殞滅，這對神靈來說是非常大的損失。

但是綠方妄想所構成的虛擬世界，魂魄的損失卻可以經由系統的記錄重生，相對之下安全許多。

於是，在編譯器的後門作用下，許多神靈藉著NPC裂魂歷劫，卻被系統管制，沒有辦法抗拒規則。

不是不想乾脆影響現實來達到推翻系統的事實，但是沒有系統，就沒有虛擬的三界六道，而創造出系統的人類卻對系統的約束力非常薄弱。

他們發誓，這個該死的系統，絕對有綠方的一份力，不然怎麼能夠這麼令人發火又沒有破綻。

更糟糕的是，為了搶名額，神靈間自己就打了一架……現在的「醫君」、「冥道主」、「阿努王」和未來的五個頭目，都是代表各族神靈的佼佼者。

原本視人類為螻蟻的眾神靈，現在得排著隊，憋屈的被系統打入「偽神」的行列，等於是白打工充當超高AI的NPC。

說到綠方，真是所有神靈都恨得牙癢癢，巴不得抓來關她個千百年啊千百年……

*　*　*

經過幾次會議，更逍遙終於領悟到一個重大的錯誤。

他們這群侍從不熟的時候還能開會，熟了以後就往離題離題再離題、重點劃遍無處不錯的方向大步前進，開會除了增進一點友好度和人際關係熟練度，什麼結論都沒有。

他痛定思痛，非常睿智的使用飛鴿傳書。雖然有點慢，但可以無視任何離題與劃錯重點，達到最好最快速的結果。

撇開那兩個無可救藥的缺點，其實這群都有點毛病的同僚是所有RL夢寐以求的好隊員。意見不多，本事不小，只要指令明確，都肯徹底執行……往往還會執行度破表。

這讓他非常感動。帶過太多自作聰明、自作主張、眼高手低，講得一嘴好副本的正常人……他對同僚們的使命必達感動得熱淚盈眶……

「他們只是懶得動腦筋。」聖喬治很直接的戳破他的感動。

「……你讓我多感動一下會死啊？」更逍遙怒了。

不管願不願意，更逍遙勒令所有的人都配置電鋸一把。他算是把所有同僚的個性摸透了……如果不想用電鋸，那就想辦法提升等級或者是非神聖除魔的技能。

雖然侍從們屬於半NPC，但PK的時候還是適用玩家PK的規則。玩家相互間的PK，不像對付怪物還有等級壓制，不然等級低的玩家不能控場高等玩家，高等玩家屢屢出現輾壓暴擊，那只有單方面虐殺了，太不公平。

高等玩家的真正優勢在於技能眾多、傷害力大，血多魔厚。侍從們以往對玩家還多個屬性或技能相剋。

但是這個優勢在修羅移民身上等於沒有了，必須要回歸正統PK的道路。

基於冥道一觸即發，山雨欲來的現況，更逍遙要求所有侍從都戮力於提升等級和學習其他屬性技能，並且對尸之君主以下的精英部屬加以嚴厲打擊，讓他們來個大規模降階（新接任的精英部屬能力是遠遜於老長官的），削弱尸皇的實力，並且破壞尸皇滿天開花、偷天換日的靈魂熔爐。

危險當然挺危險，但是一方面可以練功，一方面可以削弱對方。雖然知道在系統大神之前這樣的努力很微弱，但總比什麼都不做來得好。

原本是死馬當作活馬醫，但在更逍遙陰險毒辣的設計之下，尸皇原本嚴謹的封建軍事朝廷，被整了個滿臉豆花，許多關鍵要位的官吏將帥，屢屢被暗殺，死得非常倒楣鬱悶。新升上來的實力不濟，業務不熟，還得應付同儕間慣有的明爭暗鬥……死的人不多，效果卻出奇的好，很讓尸皇大大頭疼，還遷怒到三大公會，發了好一頓脾氣。

經過這麼段用尸皇的精英和小頭目練功，原本停滯不前的侍從們等級都有所提升，其他屬性的技能也日漸熟練。

因為他們都很小氣，從來沒想過什麼息事寧人，所以該找的場子，還是得找。

雖然不能發起公會戰，但他們可以發起怪物攻城。

＊　＊　＊

無疑的，風胥卻比其他同僚走得更遠一點。

除了配合更逍遙的戰略，其他時候，他往往會突然失蹤。不過侍從們都是自由散漫的人，像是任務之餘，娃娃和黯淡也會鑽進山裡尋找礦石或能源，更逍遙和聖喬治更是超任務進度，專挑殭尸族大小頭目打寶去了，常常不見人影。

雖然灰燼上線的時候，風胥都會邊抽菸邊等她，一直陪到她下線，但想逃過補師的法眼，那可不是容易的事情。

雖然沒再丟什麼零件，但風胥身上有著可疑的傷痕，雖然處理過了。

「吸血鬼療傷很貴。」灰燼若無其事的說。

「就是。」風胥感慨到一半，噎住了。讓個小白鴿套出話來，他這個立場實在是……

在灰燼泫然欲泣的眼神壓力下，風胥頂不住，招供了。「跟人切磋而已。」

灰燼心底明鏡似的，「你自己說一定會帶上我。」

風胥撓頭，狂撓頭。躊躇好一會兒，「戰鬥中妳……別動手也別補血。」

理論上，侍從們不能跟玩家密語、飛鴿傳書。不過辦法都是人想出來的。侍從們都知道，他們不能主動PK玩家，可是玩家不知道這點。

不管是哪個玩家脖子上架著把鋒利的匕首，那把匕首的主人是神龍見首不見尾的冥道主侍從，沒人不魂飛魄散。連老媽都願意給他了，何況只是要他寫個飛鴿傳書。

看鴿子飛遠，風胥把匕首收起來，「抱歉了，打擾。」領著張著嘴的灰燼，施施然的走了。

「……這樣真的可以嗎？」灰燼的眼睛直了。

「我沒被系統警告，應該是可以吧。」風胥思考了一下子說，「咱們先去等……那小子不知道幾時能來，可能要等很久……」

他們跑去哀泣森林的一處殘破城堡附近等待，風胥很熟練的拾枯枝生火，取出預先醃好的烤肉串，擺出酒來。

看灰燼望著他發呆，他有些訕訕的笑，「那小子……吃得很差。雖然說虛擬吃什麼也無所謂……但現實吃不到，總不能在虛擬還虧待了。」

「……你們還打出感情啊。」灰燼已經猜出來了，但臉不禁為之一垮。

「不知道怎麼說。」風胥笑了，眼神前所未有的澄澈，「跟他打一次，比我殺一百個人還有效。」他望著自己的手，「也不會……有那種情緒從高峰驟然跌入低潮，自我嫌惡的副作用。」

「哈哈，」他撓頭，「他真的很強，比我依賴本能和技能強多了。只是跟他打過，殺其他人就沒什麼意思……」

灰燼看著風胥，眼神很柔和。她不懂心理學，不過頭兒曾經說過，風胥只是沒找到昇華殺意的方法。或許，這個人可以？

雖然早就猜到這個人就是小黑（……），但她沒想到小黑出場的第一句話讓她如此震撼。

非常冷漠、冷酷，不苟言笑的小黑，一從樹梢飛躍而下，看到她，眼睛瞪得渾圓，顫顫的指著灰燼，又盯著吃掉大半的燒烤，哀號一聲，「我日！你大爺的居然帶妹子來野餐給我看！這是炫耀！赤裸裸的炫耀！他馬的你這炫耀帝……太無恥了你！鄙視，嚴重的鄙視！」

……殺氣沖天的冷酷殺手形象，立刻風化了，崩壞得連渣都沒有。

風胥善意的解釋，「小黑是山西人，鄉音有點重。」

「我再日！他馬的我京片子這麼標準哪來的鄉音你講！」罵到一半，他驟然醒悟，勃然大怒，「靠！誰是小黑啊？老子叫縹緲風塵！要說幾次你才記得住？你他馬才小黑！」

「……」

小黑說得武俠些，是武林世家。

最少在狹窄的圈子內，他們家算是有頭有臉，算得上號的武林高手。

可在二十一世紀中葉，連信教的人都成了鱗毛鳳爪，何況是習武的高手。而且在高度文明的此時此刻，嚴重結晶化的社會，連個看公司大門的守衛都要大學畢業，生在窮鄉僻壤還嚴守祖訓習武不懈的武林世家可說毫無競爭力。

畢竟武學上要有寸進，花費的心力和工夫非同小可，比訓練奧運運動員還嗆，你看過幾個運動員能在學業上跟人爭長短的？人的精力非常有限。

於是這些武林世家都陷入了困境。要不就牙一咬、眼一閉，往黑社會的道路走去……但現在文明社會的法律和治安都很良好，黑社會越來越不景氣。武功再高也抵不過槍子兒。

有些就乾脆拋棄祖訓，督促孩子唸書將來好謀生。念不好，有個基本學歷，最少能進軍校或警校……再怎麼拋棄祖訓，條件還是比平常人強多了。

小黑他們家，是那種史前活化石級的頑固派。武功練得很好、很強大，但在就業的道路上混得很落魄。若不是饑渴難耐……呃，我是說，烽火連天的老爸不放心自己惹禍的兒子，跑去跟小有交情的小黑家雇了一票子弟陪少爺玩遊戲，小黑現在還在跟他老哥一起掃大街存大學學費。

小黑說，其實他不想念大學，真正該念的是他那個聰明的哥哥。但是他哥哥堅持這已經不是古老武學的年代，不管喜不喜歡要不要，小黑一定得把大學混畢業。

薪水並不太高，但已經是額外的收入了。就是看在錢的份上，小黑才沒把烽火連天砸個稀巴爛……他的脾氣實在不是太好，那個少爺除了白癡兼自我感覺良好外，討人喜歡實在不是這位有錢少爺的強項。

但小黑實在是個開朗活潑的人，雖然經歷聽起來很慘，到他嘴裡倒是妙趣橫生，自比顏回，更勝子路，引經據典的，可見他們家不但傳承了古老武學，連古文學都很認真的課讀了。

看著手舞足蹈的小黑，自說自答得非常開心，風胥有些歉意的要害偵測了一下灰燼。

風胥密語灰燼：「我已經聽他說八次了……這是第九次。所以……我才不想帶妳來。」

灰燼密語風胥：「……我了解。謝謝你……我還挺得住。第一印象果然不準……」

風胥安靜了片刻，回密說，「他快說到了……」

「……我老哥還說，要裝酷沉默寡言才把得到妹子！其實我老哥算無遺策，但為什麼這點就不靈呢？小風你說說看？說把不到也不太對……我約會過你知道嗎？不是網路喔，現實的！我長得也小帥啊小風你說是不是？你知道一個遊戲內要遇到本國的就很難了，何況同市？那可是難上加難啊你知道嗎？奇怪的是，跟我約過會就把我拉進黑名單，難道我就那麼不上相嗎？太過分了這個！……」

你老哥實在很睿智。灰燼默默的想。

小黑連氣都不喘的講到一半，轉頭看風胥，表情很凝重，「小風，你跟這個妹子現實見過面沒有？」

風胥有些手足無措，「呃，咱們還是開打吧。」

小黑馬上轉移目標，「小灰灰，你跟小風現實見過面沒有？」

……誰是小灰灰？灰燼本來不想回答，但話嘮的精神攻擊實在太可怕，連心靈強化都無效，她無可奈何的點了點頭。

小黑誇張的哀號一聲，「為什麼?!為什麼小風跟我走相同的酷哥路線，他把得到妹子我把不到？人生為何如此悲催一整個餐桌……」

（筆註：所謂餐桌，意謂上面擺滿了杯具（悲劇）和餐具（慘劇））

風胥微弱的抗議，「我們不是……灰燼是我……朋友。」

「你不要再狡辯了！解釋就是掩飾，懂不?!難道我縹緲風塵是那種挖朋友牆角的混帳嗎?!小灰灰，妳通信號碼是多少？能不能視訊？妳在台灣啊？哎，為什麼這麼遠……小風你別這樣，我不是挖你牆角，只是想跟小灰灰看有沒有深入了解的機會，雖然真的有點遠……」

……終於明白為什麼小黑把不到妹了。即使有算無遺策的哥哥，還是不抵話嘮的破壞力。就算風胥拖著他的後領往空地走去，他的嘴巴還是沒有停過。

直到風胥拔出匕首，小黑的眼神才為之一變，森嚴殺氣冰寒的緩緩溢出，讓驚訝的灰燼往後退了幾步。

這個時候的小黑，像是出鞘的利劍，隱隱泛著收割人命的寒光。風胥微微的笑著，眼神迷離渴血，舔了舔匕首的刃面。

……男人真是一種神奇的生物。灰燼默默的想。明明很痛又會丟零件，還是興奮得個個變身……真難以了解。

兩個少年熱血沸騰的戰在一起，血光泗溢。

都是刺客類的職業，都是高敏捷、高反應的身手，兩個人的戰略目的也差不多，都是攻擊對方下盤，試圖遲緩對方行動，等待對方出現破綻，一擊必殺。

但很明顯的，風胥讓小黑壓著打，氣勢弱很多。但相對於小黑越戰越激昂，風胥卻越戰越冷靜，帶著一種陰暗的優雅，如水銀瀉地無孔不入，逼得小黑不得不謹慎以對。

可兩個人的表情，都非常一致的瘋狂，脣角噙著迷離渴戰的微笑。

……即使他們以傷換傷拚對方破綻，並且不斷的掉零件。

灰燼好幾次握緊橡木杖想補血……還是得強忍下來。只是握著法杖的指節發白，牙關咬得咯咯響。很有股衝動上前打暈兩個混帳，好讓她行使一下紅十字會的宗旨。

可她也很感動。即使這樣的拼殺在她眼中很智障、很白癡，但這兩個人都那麼投入、熱血……讓她不禁有些羨慕。

是啊，羨慕。能夠專注的、發狂的投身到某事某物，知道自己的熱情和狂亂可以專注在哪個目標上……那是一種幸福。對於一個茫然過了一天又一天的人來說……是種可望不可及的幸福。

但她的感慨和失落，總是不能詩意的維持久一點……最少在地獄之歌不能。因為那兩個以命相搏的少年，沒把誰的命拚掉，只是拚掉了一些零件，陷入重度傷殘效果，終於住手了……但沒有住腳。

這兩個渾球奄奄一息的倒在地上，用唯一完好的腳互踹。風胥還正常點，只是踹，累得沒力氣開口，小黑卻中氣十足的大罵，「我讓你砍、讓你砍！你這!@#$%^……差點砍斷我的右手！砍斷我右手咱們怎麼回家去?!你這豬！你還有妹子有豔福，老子怎麼辦？混帳混帳混帳……太不仗義太自私我太恨你了……」

風胥只是防守，「……灰燼可以……」

「啊～你這不疼惜妹子的混帳東西！難道你要她扶我們兩個……我是沒問題，雖然有點太幸福……糟糕，我好像流鼻血……」

灰燼有股強烈的衝動。她很想把沒用完的木柴，往這兩個笨蛋身上堆著起火，讓他們倆免費回城。不過小黑的舌頭可能要先拔掉，實在太吵了。

她正在咬牙切齒的糾結時，小黑一面聒噪，一面拔出銀針和絲線，飛快的將他們的零件縫回去……重度傷殘狀態恢復到輕傷，居然都站起來了。

「好啦，半個小時內沒問題。」小黑拿出回城卷，「你也趕緊回去治吧，不然半個小時後還會掉下來。」

「我說，灰燼她會……」風胥試圖解釋。

「別說了。」小黑摀著鼻子罵，「你要讓我失血過度？小灰灰不要誤會，我沒有想著要靠在妳的大白兔上……嘶……真是好大的白兔，起碼有D……」

灰燼沒有聽清楚，神情還是一樣的驚愕，抓著風胥的縫線看了又看，「……這是哪招？」

小黑扶著臉害羞，「人家的生活技能……獸醫。已經是高等了唷~☆」

……修羅族的生活技能很完善嘛。只是獸醫的技巧，拿來治療人……真的、真的沒問題嗎？

小黑還是沒把話聽完，用回城卷走了。

灰燼默默的幫風胥重生肢體……原來這是暫時性的，讓他能撐到回家找吸血鬼。不過也很妙……不知道冥道有沒有相類似的技能。

沉默好一會兒，風胥偷偷瞥著灰燼，「那個……妳……真的有D嗎？」

灰燼幾秒鐘才聽懂他在說什麼，反射性的掄起聖經給他一記，差點把他的血皮打光。一面補血一面罵，「好的不學淨學壞的！近墨者黑也不是黑這麼快的啊！」

風胥辯解，「我只是想正確偵測心臟在脂肪之下的準確位置……」

然後毫無疑問的又挨了一擊，引發暈眩效果。

「……」抱著腦袋，風胥很鬱悶的無言。

「其實，我很高興。」漫長的沉默後，風胥開口，「很高興和小黑在這兒相遇……而不是現實。這樣，就算我殺了他，他也會復活，笑嘻嘻的出現在我面前。萬一這世界上再也沒有他了……實在太令人難以忍受。」

「他上回就是這麼跟我說。他……真的很喜歡武術。」風胥眼神平靜的直視灰燼的眼睛，「灰燼，我也很高興是在這兒遇見妳……不會、不會……」

「我知道了。」沒魔的灰燼拿著綳帶幫他止血。

風胥仰著頭看天空，「現在覺得，活著真的很好。」

「說得沒錯。」灰燼柔聲，「太對了。」

原本風胥遲疑，灰燼還是勸服了他，跟大叔報告了這件事情。

大叔看著這兩個超齡少年少女的忐忑不安，搔了搔頭，「這有什麼關係？還管到你們交友情形喔？我又不是你們爸爸。」

啞口無言的灰燼掙扎了一下，「可、可是，他是宏圖霸業的人。」

大叔狂笑了，連聖喬治都咧了嘴。

「孩子就是孩子。」大叔感慨，「青春真好。」

「咱們是玩遊戲，還怕間諜和情報流失喔？」聖喬治笑得挺開心。

大叔揮手，「拜託，咱們是在玩兒，又不是商場廝殺。對方跟你們挖情報，還是我們有什麼機密可以洩漏？」

「手牽手一邊玩去。」聖喬治也跟著揮手。

後來，小黑把他哥帶來玩，交手得比較斯文，沒那麼狂野的掉零件。

小黑和小黑哥都很愛武術，但是現實中不允許，反而在地獄之歌找到舞台和對手。他們和風胥相處的很好，怎麼打也不會生氣。而她呢，從醫生轉任廚娘……她廚藝可有大師級的水準。

據說小黑和小黑哥現實中很節儉，什麼都捨不得吃，風胥的病房餐……你懂的。

其實，我也不是那麼愛玩遊戲。灰燼默默的想。

她總覺得自己反應慢、怕痛，又不怎麼喜歡解任務、練功。每次出團她都很疲倦，壓力大得讓她脾氣暴躁。

但是，她喜歡遇見的朋友們。

來自天南地北，個性相異，國情不同，唯一共通點只有使用華文。但不管是誰，背後都有自己的人生、自己的故事。在地獄之歌為了自己的緣故、相同或歧異的目標，往來或交戰，活得興致盎然。

同時也豐富了她原本蒼白貧瘠的人生。

她喜歡這個，很喜歡。

＊　　＊　　＊

更逍遙大叔成功發動了「怪物攻城」，讓聖喬治很痛快的來次地獄之歌版的快打旋風，更讓大叔珍藏已久的「K.O.」閃亮登場。

事後小黑哥很不服氣，一直抱怨他們作弊……雖然在規則內。

大叔不愧是骨灰級老玩家，一下子就堪破了自己的盲點。他們不是適用於「怪物攻城」麼？真正的怪物攻城，怎麼可能只有六個Boss呢？

於是他們借調了冥殿三萬守護軍……來了次威力軍演，效果挺不錯的。最少在冥殿守護軍和六把電鋸的狼顧環伺下，逼得烽火連天和聖喬治釘孤枝，沒有懸念的贏了這次怪物攻城和整個公會倉的財富，不過這回沒賺頭，反而倒貼了一點——都發給守護軍當加班費了。

甚至，他們還熬過了五大君主發動的「圍城逼宮」，系統主持的陣營任務，頭回失敗。

系統大神居然吃鱉，在曼珠沙華遊戲群裡引起軒然大波。直到最後長達七分多鐘的宣傳片，才略窺些門道。

帶著純白面紗到鼻尖的少女，拄著橡木杖，跪著一膝懷著聖經，粉嫩的唇微啟，聲音軟弱，帶著一絲顫抖，卻乾淨澄澈如初晨之風。

她唱著：

「野地的花，穿著美麗的衣裳，天空的鳥兒，從來不為生活忙。

慈愛的天父，天天都看顧。

祂更愛世上人，為他們預備永生的路……」

風吹拂過她的面紗，捲起一片枯黃的葉子，盤旋著帶著鏡頭往下，少女澄澈的歌聲掠過殺氣騰騰的戰場，漸漸滲入號角、鼓聲，漸漸激昂，音樂越來越悲壯，肆虐著強烈的史詩感。

少女的杖一頓，湧出黯淡朦朧的光，抱著聖經如狂風般，瞬間賜福了整個戰場，殺聲震天，哀號痛呼與咆哮狂吼交織成一片，血肉橫飛，人命宛如草芥，在殺與被殺中，跟隨著領軍的五個侍從，像是尖刀般插入敵陣中。

然後，激昂的戰歌和囂張的嘈雜模糊了，少女悲感的歌聲縹緲悠遠，「野地的花……」

鏡頭切換，灰燼眼神溫柔的將手放在風胥瞎了的眼睛上，風胥微仰著臉，另一隻眼睛半開半閉。

又再切換，風胥一行透明、一行殷紅的血淚，喃喃著，「我會保護妳的。」

歌聲漸遠，切入戰場，更逍遙大叔用背掩護了差點被劈成兩半的娃娃，聖喬治投出自己的長槍洞穿幾乎得手的敵人，好讓黯淡及時狙擊，他自己卻被砍翻在地，被人潮淹沒了……

在戰歌和情勢緊張到極點時，聲音又模糊，無伴奏、縹緲虛無的〈野地的花〉，將鏡頭投向發狂的風胥，顫顫的扶著幾乎被長刀釘在地上的灰燼。她微微一笑，身形漸漸模糊，浴血的風胥仰天發出悲絕的聲音……

最後泥濘著血的戰場，斷肢、殘臂、屍體，五大君主聯軍猛攻城門，看起來希望已然即將消失……

白紗染血的瀕死少女，粉嫩的唇輕啟，「野地的花……」

終年長陰的冥道天空降下一道光，神聖的聲音響起。

「少女呀，妳的忠誠獻給冥主，虔誠卻是屬於父。父神不會拋棄任何一隻羔羊……」

從遙遠的黎明，雪白的羽翼翱翔而來，賜下神聖嚴厲的聖光……

最後鏡頭轉到一張昏黃的照片，是侍從們談笑晏晏的留影，最後駐足在風胥和灰燼相視而笑的模樣上，漸漸模糊，一片漆黑中，一片白羽飄下，然後是一行廣告。

「天國行歌，即將禮讚。」

實在這個宣傳片拍得很好，極度唯美悲壯，在玩家間評價非常高。

但灰燼對這個宣傳片不滿，很不滿。

當然，她得承認，「圍城逼宮」那天，侍從們的確等得無聊，在專屬頻道開起

KTV，每個人都唱了歌，連她都推不掉。

被逼著開口時，她正在城牆上，背包裡帶滿了藍水和靈水。讓冥道主「黑暗賜福」過的侍從們，屬性暫時的轉為黑暗，能力增強很多，體現在灰燼身上的就是，她的光環效應大了很多倍，並且可以施加在參戰的玩家身上。

五大君主集合的兵力，在系統大神的支持下，密密麻麻的撲天蓋地，看不到盡頭，湧在沒有封死的罪惡之城的大門口。

其他的人要不就搖滾，要不就軍歌，非常振奮人心。可是這些歌她都不會唱。所以，她唱了一首〈野地的花〉。

原本事情就是這樣而已，他們也打得很辛苦。要不是一群長了翅膀的天使（？）來援，城破應該是理所當然的事情……只是空軍打陸軍優勢太大，人家還會扔聖光炮，你看多犯規。

但是讓系統大神剪輯過的宣傳片，真是扭曲到不能再扭曲，讓他們這群侍從齊齊吐了半口血，還有半口含在嘴裡，吐不出來也嚥不下去。

讓我們把時間挪到大戰方止，侍從們還不知道被系統大神算計到吐血的彼時。

這次「圍城逼宮」的表面最大功臣雖然是來援的天使（？），事實上，卻是誰也沒想到的灰燼。

話說從頭，得從吸血鬼總管坑殺剛來不久的灰燼說起。

吸血鬼總管賣給灰燼的飾品神器名曰「天堂禮讚」，事實上是一套兩個。一個就叫做「天堂禮讚」，另一個叫做「神之垂憐」。屬性什麼都就不談了，總之是非常神器等級，但是這兩個神器飾品之所以會是一套，就在於他們附屬的被動技能。

神之垂憐的被動技能是「甦醒」，就是佩戴者死亡時，有0.05%的機率原地虛弱復活。復活後有0.05%的機率發動「天恩降臨」，召喚天使隨同作戰。可隨等級提升。

天堂禮讚的附帶技能是增加發動「甦醒」的三倍機率，同樣也可以隨等級提升……畢竟0.05%是個太令人淚下的機率。

但是我們都知道，被八出十三歸吸血鬼坑害的灰燼，將「天堂禮讚」爆掉了。吸血鬼那邊的神器都具有唯一性，就是全冥道就只有一個，別無分號。於是很窮困的灰燼只好佩戴殘缺的神器飾品，並且完全無視那個非常強悍的被動技能……

雖然說神之垂憐讓她戴著升到一百級，發動機率提升了二十倍——從0.05%提升到1%，但她死了萬餘次，從來沒有發動過，也不由得她不無視了。

然而，這次「圍城逼宮」，所有的侍從各領一部軍隊，NPC和玩家混編。玩家可以無限復活重生，侍從卻不行。也就是說，只要身為主將的侍從死去，整部的NPC軍隊就此消失，玩家被傳送回重生點，再也不能參戰。

但是五君主聯軍的主將非常強悍，也只有侍從有一拚的機會，由不得侍從不打頭陣……系統大神的用心昭然若揭。

只是五君主腦子不太好使，不知道打架要先打補師，所以才讓冥殿方勉力支撐下去，還隱隱有反攻的勢頭。

但NPC不懂，不代表玩家不懂啊！只是灰燼被保護得很好，費了很多力氣都無法接近。最後是一個刀客施展絕學，超視距的投出長刀，要害攻擊，秒殺了灰燼。

在所有人的光環消失，代表冥殿方最大的唯一人形圖騰柱（？）兼補師死亡時……不說風胥的哀痛欲絕，所有人都覺得大勢已去……

結果，那個從來沒發動過的「甦醒」，連系統大神都沒預料的，發動了。虛弱狀態的灰燼奄奄一息的躺著，大惑不解。因為……

系統提示：是否發動「天恩降臨」？

她顫顫的張口，「廢話，當然啦……」

於是，那個機率小到不能再小的天恩降臨發動，讓她瞠目結舌、目瞪口呆的是，這個「天恩降臨」的天使，密密麻麻的實在非常非常的多……

再於是，她莫名其妙、不知所謂的扭轉乾坤，成了反敗為勝的契機。

這個時候，她還不知道自己讓講求平衡的系統大神坑殺了，被歡欣鼓舞的同僚們簇擁著回冥殿報捷。

但是他們的興奮和熱情看到冥道主之後，就立刻熄火了。

冥道主很不爽，後果很嚴重。

更讓他們摸不著頭腦的是，剛剛來援的天使頭子，正疊著手笑咪咪的看著他們，優雅的坐在冥道主旁邊。

氣氛很凝重，非常凝重。像是他們剛剛不是大捷而是慘敗，所有的人都死光了，冥道主正在獨自辦喪禮。

「諸君，」冥道主終於開口，「汝等做得很好。」

雖然是誇獎，還是讓所有人的頭皮都繃緊了。

「尤其是……墮落聖徒，灰燼。」冥道主睥睨的看著灰燼，「所以，我將給妳一個禮物。」他揮手，「以往的束縛解除。」

累得眼皮直打架的灰燼疑惑的看著冥道主，低頭看個人日誌，看了半天才發現，「冥道主之吻」的註釋少了不能轉其他世界（遊戲）這條。

她真的累了，很想下線真正睡一下。只覺得冥道主怎麼突然恢復唐僧狀態，囉唆得有剩。

但她畢竟還是比較機智的，微彎著腰說，「謝吾王恩典。」

「這不是真正的恩典。」冥道主毫無歡意的笑了一下。美是非常美，但是美得令人膽寒，「灰燼，半年前開始，我給妳的『斷意果』，就沒有任何療效了。妳，早已經沒有在地獄之歌繼續下去的理由。」

寂靜。比死亡還沉默的寂靜。

大夥兒都知道灰燼有藥癮，時候到了會焦躁，吃藥的時間比時鐘還準。她對風景黯淡的地獄之歌沒有太大的好感，做任務、練等級都沒有熱情。唯一支持她的，只有對斷意果的依賴。

不知道過了多久，灰燼說話了，「哦。」她屈膝行禮，「頭兒，我先下線了。」

風胥有股強烈的衝動，想攔住她。但他一把撈到的，只有虛無的白光，掌心什麼也沒有。

冥道主的心情很壞，非常壞。

未來會叫做「米迦勒」的天使頭子，卻比他火氣還大。「卑劣污穢的暗影渣滓……言而無信就是你的名字啊……」三對羽翼極展，憑空凝聚雷電為矛。

「許多人的死因都是廢話太多。」冥道主冷冷的伸手，環繞黑暗的火焰在他掌心跳動。

就在一觸即發，空氣充滿劈哩啪啦的靜電，讓滿頭霧水的侍從們也跟著怒髮衝冠（被電的）……兩個人又同時鳴金收兵，異口同聲怒氣滿點的喊，「這破玩意兒！」

搞不清楚狀況的侍從被淫威……神威深重的冥道主草草打發，只剩下他和天使頭子相互怒視，眼神倒是很炙熱。

「你明明答應了！」天使頭子發現瞪久了眼睛也很痠，很受傷的喊，「她雖然把忠誠獻給你，但是虔誠又不是！而且虔誠度對你有個屁用?!你為什麼要損人不利己……」

「她的虔誠對象也不是你。」冥道主冷笑，「甚至不是耶老頭……名義上是而已。人類虔誠的對象可完美多了。」

天使頭子被噎住，一臉鬱悶。

「再說，我已經告訴她真相，她對我的忠誠大約也消滅了吧。」冥道主別開臉，「至於你怎麼招攬她，是你的事情。」

冥道主的心情一直很惡劣。

受限於系統規則，除非侍從都死光，不然他不能出手。五大君主和他都受相同的束縛。他也知道，系統對於圍城逼宮的結局早已寫定，他再憤怒也沒有用。

灰燼在戰場上「甦醒」，只是把這命定往後拖延一點時間……還真的是很少的一點點。

但是，和喜歡西洋棋、喜愛秩序的「米迦勒」不同，他喜歡圍棋，因為他的本質不是善良或邪惡，而是渾沌。

渾沌的形態有很多種，他所表現出來的，就是無比執著的貪念。所有屬於他的人事物，他都貪婪得不肯放手。

冥道是他的，軍隊是他的，一根草、一個鬼靈……通通是他的。

他的侍從，當然、絕對，毫無疑問，完完全全是他的。

以前他對人類沒有興趣，跟其他神靈沒什麼兩樣。漠然的注視，偶爾發笑。若不是人類的週期最短，是歷劫最好的地方，他連動眼皮看看的興致都沒有。

但是，但是，但是。

昂。

當人類屬於他時，他發現貪婪就沒辦法控制的不斷湧出，讓他非常興奮而激昂。

這是一種強烈的愛情，非常強烈的。當灰燼不肯放棄，甦醒後發動了天恩降臨，陰險的鳥人給了他一個提議。

「我可以鑽漏洞幫你。」米迦勒提議，「天恩降臨可以降多少天使，是我說了算。你只要給我一個延攬的機會……反正虔誠度你也沒有用，你又不是只有一個侍從……」

「我拒絕。」冥道主想都沒想。

「呵。」米迦勒笑了笑，「難道……你不想知道，『愛情』……這說法對嗎？是你單方面的一廂情願，還是小聖徒也懷抱著相同的『愛情』呢？」

「那不叫愛情，那是……」冥道主卻啞口了。

那是一雙雙，相信的眼睛。全心全意的信賴。是嘴裡不斷離題和劃錯重點，不太靠譜又用盡全力，玩也玩得非常真……的一群笨蛋。

讓他發完脾氣、扶額頭疼完，忍不住失笑的一群笨蛋。

他貪婪、很愛，非常愛這群笨蛋。尤其是那兩個笨得出奇、傷痕累累的笨蛋。

「我為什麼會答應你呢？」冥道主喃喃著。

「結果你也沒有做到啊！混帳！」天使頭子非常痛心疾首。

哼。冥道主默默的想。就不給你，怎麼樣？我寧可……讓她回去現實生活，不再出現。鳥人就是鳥人，太不懂貪婪的細膩了。就算放走純潔的小白鴿，讓她回歸鴿群，也不會給任何人。

我可是……渾沌之貪婪者啊。

* * *

如常的上線時，灰燼嚇了一大跳。因為冥道主用要吃人的眼光瞪著她，讓她汗出如漿，不由得衝口而出，「頭兒你怎麼會在？沒出去風流？」

話剛出口她就極度後悔，現在捂嘴也太晚了。

但是冥道主只是陰沉的問，情緒明顯很低落，也很令人膽顫，「妳怎麼上來了？」

灰燼眨了眨眼睛，小心翼翼的說，「……我前天才繳月費，為什麼不上……？」

冥道主一滑，差點沒坐穩。額頭非常罕見的滴下一滴冷汗。他發現小白也是一種境界，非常無敵的境界。

「昨天我說什麼，妳沒聽清楚？」冥道主振作起來，「妳早就沒有在地獄之歌的理由了……」

「對喔，」灰燼發火了，「頭兒你怎麼能這樣?!我那麼相信你！你居然拿假貨矇我！那些任務做起來很累欸！太過分太過分了！」

然後，她不太好意思的撓撓頭，「雖然我知道，頭兒是為了讓我戒掉斷意果。但也不要騙我啊……」

她說不出話來。因為他們詭麗陰美，風華絕代的頭兒，張大了眼睛，望著她發呆，模樣看起來居然……除了純真還真找不到形容詞。比冥道毀滅還可怕這……頭兒露出這樣的神情。

「妳明明不喜歡這個世界。」冥道主終於開口了，只是表情依舊有些茫然。

「嗯，是啊……風景太陰沉，讓人心生憂鬱……」灰燼隨口答著，看著冥道主，一步一步的走向他。

自從被冥道主調戲似的吻過額頭，她早把頭兒打入淫魔行列，根本就不靠近他了。只是她下線之後，想了很多。

她在冥道主之前跪坐下來，把手放在他的膝蓋上。「頭兒，昨天我下線以後，覺得又開心又難過。後來……想通以後，就不難過了。我覺得，應該要好好慶祝一下……我終於走出來了呢。所以晚上的時候，我想去吃頓大餐，看場電影。」

……這離題的功力真的太強悍。冥道主默默的想。聽到現在還不知道她要講啥。

「我手機有好多電話號碼……但是。但是我……我找不到跟我去吃大餐和看電影的人。我哪，應該說很多人哪，生活圈真的很狹窄、很狹窄……」她伸出食指和拇指，比了一個很小的距離，「每個人都很孤獨，朋友這回事……變得很奢侈。」

「但是頭兒會在這兒啊，同僚也都在啊。這一年多……就是因為有你們這麼奢侈的存在，我才能好好的、好好的生活下去……直到能夠解脫。」

「頭兒，我真的很愛你們，很愛你。」她滲入了一點哭聲，「請你不要對什麼NPC的稱呼心有芥蒂。有很多、很多很多孤獨的人，就是因為有NPC的存在，才會覺得孤獨不是那麼刺骨……」

平心而論，灰燼不是什麼美女。她和風胥一樣，都是扔進人群找不到的那種，天賦身帶泯然眾人弱化版。

但是她對冥道主微笑時，笑容非常純潔……甚至是聖潔。雖然她也在哭。

我永不饜足的貪婪，在這瞬間，暫時的飽足了。

「哪，妳這樣很危險呢。」冥道主喃喃著輕撫她的頭頂，「我會貪求妳的靈魂，死後都不放的。」

灰燼皺眉思考了一下，「只有我嗎？」

「我的貪婪很難餵養啊……」冥道主也皺眉，「妳看，那幾個神經病跟我簽約的機率大不大？」

「……頭兒，您果然是死神嗎？」

額暴青筋的冥道主吼，「我怎麼可能是那些低等生物!?他們也就比GM高等一點點……並沒有脫離單細胞生物的行列!!」

站在陰影處的人無聲的笑了一下，轉身走開了。

果然如他想的一樣，離開冥殿的灰燼，往懸圃來了。帶著雨過天青的微笑，對他招手，「風胥！」

抬起煙霧下的臉孔，他跟著微笑，「早安。」

雖然是陰天，卻是個好天氣。實在是太好了。

*　　*　　*

「嘎啊～」灰燼發出了慘叫。

她早該知道，在地獄之歌心情要保持長期愉快實在有困難，卻沒想到能這麼短……

「圍城逼宮」後第三天，她就看到那個天怒人怨、徹底扭曲的宣傳片。

只能說，系統大神堅持「平衡」的決心太強烈了。即使是主持的陣營任務失敗，還是很執著的找到最佳方案，不只是雙贏，而且是多贏了。

這部宣傳片達成的效果很豐美。首先，讓幾乎淪為一夜情全息遊戲的地獄之歌，終於超脫了出來。七分多鐘的熱血悲壯，讓許多舊玩家發現遊戲新樂趣，也吸引了大票的新玩家注入新血。

沒有受到大損傷的五大君主宣布獨立，也就是說，多了好幾個陣營可以選擇，國戰終於排入地獄之歌的行程了。每個玩家雖然降生在各種族，但未來可以選擇效忠哪個君主。

當然，名義上和實力上，冥道主還是雄霸全冥道，因為追隨他的侍從，許多粉絲也義無反顧的選擇了冥殿方。

之所以貪婪的冥道主會同意系統大神的方案，主要的原因是……和平太久，也很無聊。而且圍城逼宮雖然是系統大神主持的，但也是五大君主串連後將提案交付給系統大神。

冥道主的辭典裡頭，是沒有「寬恕」這個字眼的。而且他個人更樂意用緩慢凌遲的方式。

更何況，因為吸引到更多新血，提升了玩家的素質，在可預見的未來，「冥道遠征」不再需要冥道主傷腦筋，玩家會組成大軍，為了更多的裝備，順便為了冥道主的榮譽，自行打破守護石，讓冥道遠征不再是形同虛設的大型任務。

而且，還順便宣傳了「very soon」的「天國行歌」，真是一舉數得，皆大歡喜。

只有一點點小小的雜音，但根本不在系統大神的考慮之內。

畢竟，在長達數百頁，字體只有六號，比螞蟻還小的玩家協議書中就說明了，玩家在遊戲內所有人物、裝備、金幣、影像等等……都屬於華雪。

拿來剪接怎麼了？受法律保護的！侍從們的憤慨可以直接無視。

何況，系統大神很貼心的將冥道主侍從的形象塑造得光輝無比，他們還有什麼不滿意的？

但是，「最難消受系統恩」，是侍從們共同的感想。

當他們看到宣傳片不但吐了半口血，等看到論壇公布的侍從資料，他們只想昏厥過去。

當然，系統大神很照規矩的沒有公布他們的任何現實資料，但卻把他們遊戲內資料能曝光的都曝光了……而且還加以扭曲！照系統的渲染，他們不但個個是大神級高手，而且個性各有特色，一整個光輝燦爛、忠誠堅毅，完全可以去現實選十大傑出青年。

讓侍從們想撞牆的是，除了系統大神扭曲的官方配對，下面的回應不斷的發揮創意，從正常向到男男向、女女向，還有N角苦戀、後宮、種馬……六個人有許多排列組合，足以讓侍從們血盡繼之以吐內臟。

最受系統「垂愛」的灰風配，更是捫心自問，淚流滿面。

至於什麼粉絲會、XX命，他們已經不想管了。宣傳片出世之後，導致侍從們空前團結……不然誰開地下溶洞呢？拖著灰燼開了地下溶洞大逃亡，練功打寶都團體活動，省得半路被粉絲攔下來表達愛慕之意……和祝福（……）。

粉絲是無辜的……更何況又不能殺他們。不能主動PK，眾侍從表示深刻的遺憾。

阿東打電話給灰燼時，她已經如灰燼般平靜。

一接電話，阿東說，「哇塞，哇塞，哇塞塞……」一整個跳針。

「……你到底想說啥？」灰燼嘆氣。

「太厲害了美慧！真的嗎真的嗎？那個刺客是妳男朋友？哇塞～」

「不是。」她已經不會生氣了。

反正解釋也沒用，沒人聽她解釋。連天使長都認為她因為愛情被捆綁在地獄深淵，為她哭了一場……她習慣了。

阿東果然自說自話，非常激動，十句裡頭有七句用「哇塞」開頭。

「……別洩漏我的資料。」她心如死灰的叮嚀了一句。她真的怕了，真有人在人肉搜尋侍從們，很幸運的沒有收穫。「我的身分只有你知道呢……」

「我怎麼可能洩漏！」阿東很憤慨，「洩漏簽名就不珍貴了。」

「……」你是把我的簽名拿去幹啥啊你。灰燼真有點擔心。

不過也不是沒有收穫的。

原本蒼白虛無，僅僅被認為是小Boss的冥道主侍從，自從宣傳片之後，整個有血有肉豐滿起來。偶爾遇到的玩家不再喊打喊殺，都遠遠的、激動的看著，只有特別大膽的敢衝上來請求簽名。

大致上來說，非國戰期間，他們的遊戲生涯得到了和平與善意。

讓灰燼心寬的是，即使被這樣扭曲，風胥也沒在意，還是如常的等她上線，邊抽菸邊和她閒聊，依舊護衛在她身旁，沒跟其他人一起衝上去當自強號。

風胥還是到處綁架人幫著飛鴿傳書，跟小黑與小黑哥互相拚掉零件，灰燼已經能夠心平氣和的撿零件，不會對風胥發火了。

頭兒想到的時候，還是會把他們叫回去發任務、或者破口大罵。偶爾還是會調戲一下她或風胥，有時候還兩個一起調戲。

一切都跟以前差別不大，而差別都是比較好的方面。

她對這樣的生活，感到非常滿意。

後記

今日陽光燦爛。

抬起兜帽下的蒼白臉孔，他笑了一下。雖然有點變形，但還是很歡欣。

這是很艱辛的一步，他有些顫抖，但看到向他招手，滿面笑容的少女，他就穩定下來了，很自然的跨出大門。

雖然說，醫學發達，活過百歲已然尋常，三十之前的人都可稱少年少女……但畢竟他們都三十出頭，再稱之為少女似乎有點怪。

可是，在他眼中，她就是永遠的少女。

「風胥！」灰燼笑得很燦爛。

「灰燼。」他有些侷促的打招呼，竟然有些羞澀。

今天是個很重要的日子。住院多年的風胥，終於通過評估，可以緩慢的進入社會了。醫生們准了他的請假，可以傍晚再回來。

雖然戴著簡便型遙控電子鎖鏈，並且在皮下注射了一個微型GPS全方位監控，但他還是很高興，非常高興。

更高興的是，灰燼來接他。

「你想去哪裡？」灰燼比他還開心。相伴多年，她比誰都明白風胥的悲傷和努力。

「……吃大餐，看電影。」他低聲說。

灰燼愣住了，「看電影？看什麼電影？」

「妳想看什麼電影？」他飛快的瞥了眼灰燼的胸口。真的有D吧……心臟是在……喂喂，別亂想。他警告自己。

灰燼沒講話，他有點不安。低頭注視著鞋尖，不太有把握的說，「那個……如果沒大狀況，我可以請假……陪妳看電影。唔，我有錢……我協助一個醫生寫論文，有報酬，所以……」

「你偷聽我跟頭兒說話啊？」灰燼的聲音有些緊繃，「都幾年前的事了。」

「妳……不也還記得嗎？」風胥還是低著頭。

只是很快的，他覺得兩頰溫暖，灰燼神經很大條的把他的頭抬起來，眼神很清澈，「要請我看電影呢，你要看著我的眼睛啊。」

她的眼角，有點點淚光。

「好的。」他溫馴的問，「能請妳看電影嗎？」

灰燼有些哽咽，「……我很樂意。但我先請你吃飯吧。」

「我想抽根菸。」

「我們去個薰不到別人的地方。」

於是，在台北街頭，找到一面沒什麼行人的牆，風胥抽菸，灰燼跟他聊天。

「小黑和小黑哥上個禮拜來台北玩，到醫院來看我。」

「真的？」

「他們過得不錯哩。開了一個補習班，沒想到全息遊戲一流行，真有人想學武術了。」

「大叔和鐵皮罐頭是不是下個月要來玩？」

「嗯。娃娃和黯淡的醫生終於同意了……妳要一起來嗎？」

「當然。」

風胥覺得，今天的陽光，特別溫暖。

或許是因為，他終於可以請灰燼去看電影的關係。

今日陽光燦爛，非常燦爛。

並肩走向公車站，風胥吹著口哨。灰燼聽了一會兒，加了進來，小聲的唱，野地的花。

於是，在二十一世紀中葉的台北街頭，迴響著墮落聖徒行歌，悠揚如燦爛陽光。

（墮落聖徒行歌完）

作者的話

其實這部還滿囉唆的。（嘆氣）

我很想把這部寫得簡潔一點，很絕望的是，它就是這麼長。與其說是情節主導故事，不如說是諸眾濃縮的小小行傳，真的怎麼刪除龐蕪的情節也還是拖拖拉拉。

但是這些人在我心目中形象非常鮮明，我也毫無辦法、無法控制的寫得極度囉唆。

事實上，我願意放棄某些笑點可以短一點，但我實在無法放棄……因為放棄了就沒辦法表現這六人眾的離題和劃錯重點。

（果然離題和劃錯重點才是主旨嗎……？）

當初會想寫這部，主要的點是《犯罪心理》（某部電視劇）的一集讓我有很深的印象。大意是某個發現自己有殺人衝動的少年，最後決定下手的那一刻，卻割腕自殺了。

那時我受到很大的震動。很奇妙的，當我陷入某種憐憫和自傷的情緒中，我老想到小時候上主日學（只有幾天）學會的〈野地的花〉。

這是一、兩年前的事情了，一直沉澱在記憶深處，偶爾會想起。尤其是我身心接受疾病侵擾，或是壓抑某些黑暗的時候，就會很不搭嘎的想起那個少年，和〈野地的花〉。

我想，我一直都試圖做一件很虛妄的事情。即使是虛擬毫無用處，我也想圓滿某些無能為力的事情。雖然覺得很傻，因為事實上什麼也沒改變。

但就像我沒辦法忘記那個少年，我也沒有辦法不在心底迴響〈野地的花〉。

或許是因為我與疾病的緣分太深，不管身或心。也可能是我知道我一直希望有人救我，所以我會想挽救某些人可悲的命運，就算是虛擬的也好。

雖說我早放棄這種不切實際的願望，但也不妨礙我在虛擬中慈悲一把。

可我一直找不到切入點寫這故事，所以也就一直擱下來。

然後是我負氣罷工，跑去魔獸沉醉了兩個月，直到所有個人能做的成就做完……才脫離魔獸的懷抱。這兩個月，我真的很快樂。但我的快樂，卻說起來更傻……因為除了我的寵物，還有許多NPC陪伴。

魔獸這點真的很厲害。我對許多NPC的印象深刻。像是約翰・J・基沙恩，跟他和他的夥伴們冒險真是有趣……我絕對不會忘記用火系法術當船的推進器的火法，也不會忘記和我一起偽裝、一起潛入敵方的戰士。當他們都犧牲的時候，我是哭得多麼慘……和約翰重逢時，我又是多麼高興。

我也不會忘記南貧瘠之地的馬爾利。那是個多麼矮人的矮人……臨死前唯一的願望居然是喝麥酒……我因為他是多麼的傷心憤怒，憤怒到跑去過量擊殺了許許多多的哥布林。

在我自囚、不願意和人類接觸的時刻，這些NPC陪伴著孤獨的我。我想為他們寫故事，可我不知道從何下筆。

魔獸的旅途終究會結束，因為不跟人來往交談的人，要獨自在魔獸繼續旅行，實在是困難的。

我整理筆記，在起點亂翻，覺得很疲倦，也很無奈。因為，我找不到我想看的小說。

還是，讓我為我自己說個故事吧。

本來要寫的不是這個，也幾乎都構思完畢。但是某個孤寂的夜晚，我又想起那個少年，和〈野地的花〉。就像是水到渠成般，我「閱讀」了墮落聖徒的開頭，然後就一發不可收拾。

我想，他在強大的本能和欲望之前，能夠果斷的自殺，之後順服的進入療養院自囚，就是因為他保有良知。一個有良知的人不應該落得萬劫不復的下場。

心底有再大的傷痕、心靈再怎麼破碎，只要還沒有放棄掙扎，都應該有個機會才對。如果命運不肯給，那……在虛擬的創作世界，最少我能作主吧？

我知道，這個故事很空想，甚至很豪小，根本連科幻的邊都沒摸著，許多情節也禁不起推敲，劇情薄弱、節奏過緩。結局甚至也太甜了點，可能有許多讀者希望黑化來個大悲劇結尾……

但我不要，我拒絕。

我知道在黑暗欲望中掙扎的痛苦，我知道許許多多明裡暗裡同樣掙扎的人。文學上的評價從來不是我的追求，我只希望跟我同苦的倒楣鬼們，能短短的耽溺沉醉，暫時忘記苦礪的現實。

還保有良知，願意努力掙扎，我們該有這樣一點獎賞，不是嗎？

反正我不是為了沒有良知、怠惰自溺、不肯掙扎的人說故事。

其實我……對寫作這件事情真的有點畏懼了。

我依舊很想說故事，但我會害怕說故事的餘緒。好像身為人類的部分，漸漸封印，一點一滴的失去人類的感覺。失眠、焦躁，被故事徹底統治……或說被暴君統治。

我兩個月沒寫作，睡得非常好。

但是不寫作，我又沒有別的事情可以做。睡得好，但很空虛。試圖做其他的事情，我都覺得沒意思。

在猶豫不決中，鬱結的原型找上了我，不禁啞然失笑。我不能擺脫疾病，就像是我不能擺脫寫作一樣。

明明知道，這麼愛寫，只是讓價值分薄，只是讓讀者覺得我就是這麼一套，女主角永遠沒有什麼變化……如果我是三年五載才出個一本，大概直到蓋棺才會論定吧……

但我還是不要，我還是得拒絕。

我不想被統治，還是得被統治。我恨寫作，但我也狂愛寫作。

人生最悲劇莫過於此。但最幸運，也不過是這樣而已吧……

這就是我，愛恨交織，最後一點身為人類的感覺。

別無他法，只能夠……

讓我再為你，說個故事。

蝴蝶2011/5/10

國家圖書館出版品預行編目資料

墮落聖徒行歌 / 蝴蝶 著. -- 初版.
-- 新北市 : 雅書堂文化, 2010.08
面 ; 公分. -- (蝴蝶館 ; 50)
ISBN 978-986-302-004-2 (平裝)

857.7 100014042

蝴蝶館 50

墮落聖徒行歌

作　　者／蝴　蝶
發 行 人／詹慶和
總 編 輯／蔡麗玲
執行編輯／黃子千・蔡竺玲
編　　輯／林昱彤・黃薇之・程蘭婷
封面設計／PAPARAYA
執行美編／陳麗娜
美術編輯／王婷婷

出版者／雅書堂文化事業有限公司
郵政劃撥帳號／18225950
戶名／雅書堂文化事業有限公司
地址／新北市板橋區板新路206號3樓
電子信箱／elegant.books@msa.hinet.net
電話／（02）8952-4078
傳真／（02）8952-4084

2011年8月初版一刷　定價280元

總經銷／朝日文化事業有限公司
進退貨地址／新北市中和區橋安街15巷1號7樓
電話／（02）2249-7714　傳真／（02）2249-8715
星馬地區總代理：諾文文化事業私人有限公司
新加坡／Novum Organum Publishing House (Pte) Ltd.
20 Old Toh Tuck Road, Singapore 597655.
TEL：65-6462-6141　FAX：65-6469-4043
馬來西亞／Novum Organum Publishing House (M) Sdn. Bhd.
No. 8, Jalan 7/118B, Desa Tun Razak, 56000 Kuala Lumpur, Malaysia
TEL：603-9179-6333　FAX：603-9179-6060

蝴蝶

Seba

蝴蝶
Seba

蝴蝶
Seba

蝴蝶
Seba